수메르 우화

수메르 우화

Sümer Hayvan Masalları - Yabanöküzü Boynuzlu Tilki

Text by Yalvaç Ural
Illustrations by Erdoğan Oğultekin
© **2016 Yapı Kredi Kültür Sanat Yayıncılık Ticaret ve Sanayi A.Ş.,**
Korean translation rights arranged through Kalem Agency and PubHub Literary Agency
All rights reserved.
Korean translation copyright © 2024 by Wisdom House, Inc.

얄와츠 우랄 지음 | 에르도안 오울테킨 그림

이희수 · 전선영 옮김

Sümer Hayvan Masalları

수메르 우화

4천년 전 인류가 만들어낸
최초의 우화

위즈덤하우스

차례

서문 … 7
역자 서문 … 22

아홉 마리의 야생 늑대와 욕심 많은 대장 늑대 … 27
사자와 꾀 많은 염소 … 31
오록스의 뿔을 가진 여우 … 40
사자와 멧돼지 … 48
코끼리와 꼬마 솔새 … 51
여우와 그의 아내 툼멜 … 55
개와 조련사 … 58
민물 거북이와 고원 … 61
자신이 영리한 줄 아는 여우 … 68
안장을 먹어치운 당나귀 … 71
고양이와 이집트몽구스 … 74
투덜이 하이에나 … 77
게와 친구 … 80
게으른 물소와 들쥐 … 82
당나귀와 들개 … 85
당나귀의 팔자 … 88
돼지와 새끼 양 … 91
우울한 젖소 … 93
황소와 여우 … 95
여우 사령관과 떠돌이 개 … 97

분수를 모르는 개 … 99

엉뚱한 데 화풀이하기 … 102

말과 주인 … 105

부유한 숫양 … 108

가난한 당나귀와 부유한 숫양 … 111

숫양과 새끼 염소 … 113

여우의 호수 … 115

황소와 암소 남매 … 117

푸줏간 주인과 살찐 돼지 … 120

집 없는 오록스 … 123

말과 노새 … 126

서커스단의 잡종 개 … 129

무자비한 들개 … 132

광대 원숭이님 … 136

아카드 출신 당나귀 … 139

뒤주와 들쥐 … 143

도시에 온 오록스 두 마리 … 146

구걸하는 개 … 150

이집트몽구스와 생쥐 … 153

만족할 줄 모르는 개 … 155

자신의 뿌리를 모르는 노새 … 157

함정에 빠진 사자와 여우 … 160

한번 도망친 당나귀는 돌아오지 않는다 … 168

배의 승객이 된 개 … 171

모루를 쓰러뜨리지 못한 대장장이의 개 … 176

야생 암소한테서 도망치기 … 179

호기심 많은 독자를 위한 메모 … 184

참고 문헌 … 189

일러두기

* 번역 대본으로는 Yalvaç Ural, Erdoğan Oğultekin《Sümer Hayvan Masalları: Yabanöküzü Boynuzlu Tilki》
  （Yapı Kredi Yayınları, 2020)을 사용했다.
* 본문에서 별다른 표시가 없는 각주는 모두 옮긴이 주다.

수메르 우화
4천년 전 점토판에 기록된 최초의 이야기

우화란 무엇인가?

일반적으로 동물이나 식물을 주인공으로 삼아 독자들이 배울 만한 '교훈'을 담은 이야기를 우화라고 한다. 때로는 식물이나 자연물도 우화 속 주인공으로 등장한다. 하지만 가장 주목받고 잘 알려진 우화는 대개 동물들과 관련되거나 동물들 사이에서 벌어진 이야기이다. 우화를 뜻하는 'Fable'이라는 단어는 라틴어에서 유래했으며 '이야기, 동화'라는 의미를 지니고 있다. 오늘날 우화는 아동문학의 중요한 분야로 독자들에게 '교훈'을 전달하는 성격을 띤다. 이러한 교훈은 인용 문구나 속담의 형태로 나타나기도 하지만, 어떤 우화에서는 독자 스스로 교훈을 찾아내도록 한다.

기원전 1세기에 살았던 시인 파이드로스Phaedrus는 라틴 문학에서 최초의 우화 작가로 꼽히는 인물이다. 그는 이솝 우화를 편집했고 자신도 우화를 창작했다. 파이드로스는 "우화는 사람들이 저지른 실수를 바로잡게 만들어야 한다"고 말했다. 사실상 우화는 구전이라는 전승 방법을 통해 동물들을 등장시켜 사람들에게 도덕적 교훈과 고결한 삶을 영위하는 원칙을 가르치는 인류 초기의 이야기 방식이다. 우화의 전통이 이솝에서 시작되었다고 알려졌지만, 플라톤은 《국가》에서 기원전 8세기 헤시오도스와 기원전 7세기에 아르킬로코스도 우화를 썼다고 밝혔다. 오늘날 수메르 학자와 역사학자들은 니푸르에서 발굴된 설형문자(쐐기문자, Cuneiform)가 적힌 점토판을 연구한 후, 최초의 우화는 이솝이 아니라 4천년 전 수메르에서 시작되었다고 밝히고 있다. 수메르의 초기 문학 텍스트들인 설형문자 점토판의 대부분은 오늘날 튀르키예의 여러 박물관에 전시되어 있다.

프리기아 출신 이솝

이솝이 트라키아(오늘의 튀르키예-그리스-불가리아 지역) 어딘가에서 태어났고 에게해의 사모스 섬에서 한동안 노예로 살았다는 추정을 바탕으로, 고대 그리스인들과 오늘날 유럽의 지성인들은 유명한 우화를 지은 주인공의 출신과 정체성을 그리스 문화와 연결 짓는 경향을 보였다.

사실 이솝은 아모리온에서 태어난 프리기아인이었다. 어떤 자료에 따르면 그가 기원전 6세기에 살았다는 주장도 있지만, 또 다른 자료에서는 그가 기원전 620년에 태어나 기원전 564년에 사망했다고 한다. 이솝 우화를 엮은 첫 번째 책은 기원전 4세기에 팔레로스의 데메트리오스Demetrios가 만들었다고 전해진다. 하지만 안타깝게도 이 최초의 책에 대해 더 이상의 정보나 다른 작품은 발견되지 않는다. 두 번째 묶음집은 기원후 1세기에 파이드로스가 라틴어로 제작했고, 세 번째는 바브리오스Babrios가 그리스어로 엮어냈다. 이 때문인지 일부 작가들은 이솝과 그의 우화는 상상의 산물이며 그런 작가는 존재한 적이 없다고 주장하기도 한다. 그러나 플라톤은 자신의 책《국가》에서 호메로스를 신랄하게 비판하는 반면 이솝을 특별한 위치에 두었다. 이에 더해, 플라톤은《국가》제2권에서 어린이와 동화에 관해 자신의 스승인 소크라테스와 긴 대화를 나누었다는 내용을 담고 있다. 그는 또한 소크라테스가 '영웅과 신들'에 대해 썼던 호메로스의 이야기를 신랄하게 비판했으며, 이솝의 이야기와 유사하게 어린이들을 위한 우화를 쓰며 감옥에서의 마지막 날을 보냈다고 말했다. 오늘날 수메르에 대한 많은 기록이 발견되면서 새로운 접근과 해석이 가능해졌지만, 서양의 지식인, 작가와 출판업자들은 이솝과 그의 이야기를 그리스 문화의 산물로 여기는 경향이 강했다.

이솝의 생애에 대한 유일한 기록은 플라누데스Planudes가 쓴 이솝 전기인데, 여기서도 이솝이 오늘날 튀르키예 아피욘Afyon주 에미르다으구Emirdağ의 마을인 히사르쾨유Hisarköyü 바로 옆 지역에서 발견된 유적지 아모리움시에서 태어났으며 프리기아인이었다고 밝히고 있다. 이와 같은 증거에 의해 이솝이 아나톨리아의 프리기아인 작가이며 튀르키예 땅의, 튀르키예 문화의 산물이라는 사실을 잊지 말아야 한다.

역사가들에 따르면 프리기아인은 기원전 1200년경 발칸 반도에서 건너와 기원전 725년경에는 아나톨리아 중부와 남동부 전역을 지배한 민족이다. 프리기아의 초대 왕은 수도 고르디온에 자신의 이름을 붙인 고르디아스였다. 그의 뒤를 이어 그의 아들 미다스('황금 손' '임금님 귀는 당나귀 귀'의 주인공)가 왕위를 계승했고 프리기아인들은 아시리아 및 그리스와 지속적인 전쟁을 치렀지만, 마침내 두 나라와 화친을 맺으며 오랜 기간 평화를 누렸다. 흥미롭게도 서양에서 전해지는 미다스의 세 가지 신화가 오늘날 그리스 신화에도 포함되어 있다. 본인은 이 점이 매우 이상하게 여겨졌는데, 미다스와 이솝에 대한 의문점에 답을 얻기 위해 누룰라흐 아타츠Nurullah Ataç가 튀르키예어로 번역한 책《이솝Aisopos》의 서문에 작가 사미흐 리파트Samih Rifat가 쓴 내용을 인용하고자 한다.

"이 이야기들이 그 자체로 문학 장르로 여겨지던 시대에 사람들은 이 모든 이야기의 창작자를 찾으려 했고, 항상 환상을 좋아했던 고대 그리스인들은 이 이야기들을 복합적인 구전 문학의 산물로 간주하기보다는 그리스 문화의 창작물로 받아들이려 했던 것이 분명하다."

서양문학사 학자들이 쓴 책 중에는 우화 작가에 관한 방대한 자료가 있는데, 이 문헌들을 연대순으로 소개하고자 한다. 15세기에 살았던 스코틀랜드의 우화 작가 로버트 핸리슨Robert Henyson도 본인과 같은 생각을 하고 있었던지 우리 시대보다 500년 전에 쓰인 그의 책에《프리기아인 이솝의 우화》라는 제목이 붙어 있었다. 우화 작가들 중에는 메블라나 젤랄렛딘 루미Mevlana Celaleddin Rumi(1207~1273, 튀르키예 콘야에서 활동했던 중세시대의 가장 뛰어난 이슬람 신비주의 종파 창시자)도 있다. 그의 저명한 작품인《마스나위Mesnevi》에도 비록 몇 편 안 되지만 우화가 포함되어 있다.

세계 문학계의 유명 우화 작가
기원전 6세기: 이솝과 이솝 우화

기원전 200년: 비슈누 사르마Vishnu Sarma, 판차탄트라

기원전 200년: 비드파이Bidpai, 산스크리트/인도/팔리 불교 자타카 설화

기원전 100년: 신티파스Syntipas, 일곱 현자 이야기

기원전 64년: 가이우스 율리우스 하이기누스Gaius Julius Hyginus (라틴어 우화 작가)

기원전 15~50년: 파이드로스 (라틴어/마케도니아)

1141~1209: 니자미 간자비Nizami Ganjavi (아제르바이잔)

1175: 구알테루스 앵글리쿠스Gualtherus Anglicus, 월타리우스Waltarius (익명)

1200: 마리 드 프랑스Marie de France (프랑스)

1207~1273: 메블라나 젤랄렛딘 루미

1250: 바르단 아이젝시Vardan Aygektsi (아르메니아 사제)

1300: 베레키아 하낙단Berechiah ha-Nakdan (유대인 작가)

1500: 로버트 헨리슨,《프리기아인 이솝의 우화》(스코틀랜드)

1452~1519: 레오나르도 다빈치 (이탈리아)

1465~1529: 비에르나트 루블린Biernat Lublin (폴란드)

1621~1695: 장 드 라퐁텐 (프랑스)

1658~1725: 술칸사바 오르벨리아니Sulkhan-Saba Orbeliani (조지아)

1670~1733: 버나드 드 맨더빌Bernard de Mandeville (영국)

1685~1732: 존 게이John Gay (영국)

1715~1769: 크리스티안 푸르히테고트 겔러트Christian Fürchtegott Gellert (독일)

1735~1801: 이그나시 크라시츠키Ignacy Krasicki (폴란드)

1739~1811: 도티치 오브라코비치Dositej Obradović (세르비아)

1745~1801: 펠릭스 마리아 데 사마니에고Félix María de Samaniego (스페인)

1750~1791: 토마스 데 이리아르테Tomás de Iriarte (스페인)

1755~1794: 장피에르 클라리스 드 플로리안Jean-Pierre Claris de Florian (프랑스)

1769~1844: 이반 크릴로프 (러시아)

1805~1875: 한스 크리스티안 안데르센 (덴마크)

1828~1910: 레오 톨스토이 (러시아)

라퐁텐 우화

17세기에 라퐁텐은 간략하게 요약한 형태로 쓰인 이솝 우화를 독창적인 문체와 정교한 언어로 전달했으며, 그의 노력 덕분에 '시적 우화'는 세계에서 가장 독창적인 문학 형식 중 하나로 자리 잡았다. 그는 이솝 우화를 다시 집필했을 뿐만 아니라 자신의 책《라퐁텐 우화》에 본인이 쓴 우화도 수록했는데, "나는 때때로 이솝의 우화에 내 이야기를 넣기도 했다"고 말했다. 그는 이 모든 작업을 매우 과감한 방식으로 세밀하게 해냈는데, 그가 책 서문에 수록한 구절에서도 이를 쉽게 발견할 수 있다.

> 이솝은 내 이야기 속 주인공들의 아버지다.
> 오랜 역사 속에서 단순히 지어낸 이야기일 수도 있지만,
> 그 안에는 올바른 교훈이 담겨 있다.
> 온갖 이야기가 펼쳐지고, 물고기들조차
> 우리를 위해 말하지만
> 내가 동물을 통해 가르치려는 대상은, 바로 인간이다.
>
> (튀르키예어 번역: 사바하틴 에윱오울루Sabahattin Eyuboğlu)

이 시점에서 라퐁텐의 "동물을 통해 가르치려는 대상은 사람이다"라는 말에 해당하는 우화 한 편을 공유한다. 아마도 이 우화는 '동물, 인간, 우화'라는 삼박자가 모여 이야기로 전환되던 시기에 우화가 어떻게 탄생했는지를 보여주는 가장 좋은 예가 될 것이다.

프로메테우스와 인간

프로메테우스는 제우스의 명령을 받고 인간과 동물을 모두 창조했다. 제우스는 인간보다 동물의 수가 많다는 사실을 깨닫고 프로메테우스를 불러 "제대로되지 않았다. 이 동물들 중 일부를 인간으로 만들어라!"라고 말했다. 프로메테우스는 그 명령에 따랐다. 태초에 인간으로 창조되지 않은 동물들은 인간의 형

상을 하고 있지만 내면은 인간의 본질이 결여된 것이었다. 이 이야기는 본성이 무례하고 거친 사람들을 풍자하는 이야기로 전해진다.

(이솝 우화, 튀르키예어 번역: 누룰라흐 아타츠)

플라누데스가 쓴 이솝의 생애

《라퐁텐 우화》서문에는 "13~14세기 비잔틴의 수도사이자 학자였던 플라누데스가 이솝에 관해 쓴 이야기는 모험으로 가득한 우화처럼 이솝의 삶을 과장되게 묘사했다"고 언급되어 있다. 플라누데스가 그린 이솝의 초상화를 보면 디에고 벨라스케스가 그린 〈이솝〉이 아니라 빅토르 위고의 소설 《파리의 노트르담》에 나오는, 황금 심장을 가진 못생긴 콰지모도의 얼굴이 떠오른다. 마치 플라누데스는 이솝을 소개하는 것이 아니라 "주인의 발아래 굽신거리는 이 불쌍하고 추하고 무식하고 교활하고 불명예스러운 꼽추 노예가 어떻게 그런 아름다운 이야기를 쓸 수 있단 말인가?"라고 반문이라도 하는 것 같다. 당황스럽게도 플라누데스는 모험으로 가득 찬 이솝의 인생 이야기를 들려주고, 우리를 혼란스럽게 만드는 초상화를 보여준다. 이솝 우화는 삶과 인간에 대한 예리한 비판과 해결책으로 가득 차 있으며, 인간이 아닌 동물을 주인공으로 삼아 생각하고 성찰하는 고결한 개인을 양성하기 위해 쓰인 구전설화 시대의 초기 우화였다.

플라누데스가 이솝의 생애에 대해 기술한 세 가지 내용은 우리에게 매우 중요한 사실을 알려준다. 첫 번째는 이솝이 프리기아 사람이며 아모리온에서 태어났다는 것이다. 두 번째는 이솝이 리디아 왕에게 자신이 쓴 우화 사본을 남겼다는 것이고, 세 번째는 이솝이 바빌론의 왕 리쿠르구스Lycurgus를 만났고 그와 오랜 세월을 함께 보냈다는 것이다. 개인적으로 이솝이 세 가지 언어의 설형문자로 쓰인 점토판을 보관하는 대규모 도서관이 있던 바빌론에서 구전으로 전해지는 이야기와 전설을 듣거나 읽었을 것으로 생각한다. 수메르의 설형문자 점토판에서 자양분을 얻은 아시리아와 아카드 문화가 어떤 식으로든 이솝의 이야기에 반영되었을 거라는 생각이다. 이솝 우화의 일부 이야기와 초기 수메르 이야기 사이의 유사성을 우연의 일치로만 설명하기는 어렵기 때문이다. 물론 이솝이 입양한 아이를 키울 수 있을 만큼 오랫동안 바빌론에 머물렀고, 바빌론의 리쿠르구스 왕의 궁정에서 상당한 명성을 얻었다는 점을 고려한다면 바빌론에서 이야기를 편집하고 새로운 이야기를 썼다고 생각할 수도 있다. 게다가 플라누데스는 이솝이 바빌론에 있는 동안 '수수께끼'를 썼다고도 말한다.

그리스 신들이 주인공으로 등장하는 이솝 우화

이솝 우화 중에서 일부는 신화 이야기, 신들이 주인공인 그리스 신화와 너무 유사하다는 데 의문이 들었다. 이 이야기들은 이솝이 쓴 것이 아니라 이솝을 다른 문화와 연관시키려는 사람들이 쓴 것이거나 단순히 이솝을 모방한 이야기꾼들이 지어낸 것처럼 보인다. 우리에게 전해진 이솝 우화 중에는 이솝 자신이 직접 주인공으로 등장하는 이야기도 있다.

최초의 이솝 전집은 1497년 목판본으로 유럽의 베로나, 비엔나, 아우크스부르크에서 연이어 등장했다. 몇 편의 이야기가 수록되었는지 알 수는 없다. 다만 1687년에 인쇄된 프란시스 발로우Francis Barlow의 이솝 우화에는 110개의 이야기가 수록되어 있다. 그러나 오늘날, 특히 1925년 출판된 에밀 샹브리Emile Chambry의 번역서에 수록된 이야기는 358개이다. "이 책에 수록된 대부분의 이야기는 이솝 우화와 일치하지만, 신이 주인공인 이야기는 서술 방식, 형식, 논리 면에서 모순이 발견된다. 게다가 이야기의 마지막에 나오는 '교훈'에 해당되는 문장은 가르침이라기보다는 판단이나 명령 같은 느낌이 든다. 이외에도 신화 속 주인공인 신들은 인간을 선한 자와 악한 자로 구분하는 관점에서 교훈을 제시한다. 이는 '나쁜 사람은 항상 나쁘다'고 말하는 듯하다.

이번에는 신들이 주인공으로 등장하는 이솝 우화를 프리기아인들의 종교적 신념에 비추어 살펴보자. 이솝 역시 다른 프리기아 사람들과 마찬가지로 아나톨리아의 어머니 여신인 '키벨레'를 믿었다. 키벨레는 다산과 풍요의 여신으로 항상 높은 곳에 올려졌다. 그리고 이솝은 태양신 '사바지오스'나 달의

신 '멘'도 섬겼다. 이솝이 멘 신전에서 얼마나 많은 기도를 드렸을지 궁금해진다. 반면 그리스인과 로마인은 다신교 신앙을 가졌다. 라틴인은 주피터를 최고신으로 섬겼고, 그리스인은 하늘의 신, 제우스를 섬겼다. 프리기아인에게는 키벨레가 최고신이자 어머니 여신이었다. 키벨레는 강력했다. 로마인과 그리스인은 자신들에게 닥친 모든 재앙이 어머니 신 키벨레와 제사장들을 무시했기 때문이라고 믿고, 그녀를 자신들이 섬기는 신들의 어머니로 받아들였다. 신화 이야기를 통해 신앙에 포함시켰을 정도로 키벨레의 영향은 지대했다. 오늘날 이솝 우화 중에는 키벨레에 관한 이야기는 단 한 편도 찾아볼 수 없지만, 《라퐁텐 우화》를 비롯한 많은 편집본에서는 제우스, 디오니소스, 데마데스, 사티로스, 헤라클레스, 아폴로, 프로메테우스, 아테나, 테세우스, 하데스 같은 그리스 신이나 영웅들이 등장한다. 소크라테스가 읽거나 들었던 이솝 이야기에는 이러한 이야기들이 포함되어 있지 않았기 때문에, 이솝에게서 이에 대한 답을 찾을 수는 없다. 하지만 이 이야기들은 호메로스가 쓴 책에는 존재했다. 그래서 소크라테스는 호메로스가 쓴 이야기를 비판하고, 플라톤에게 이솝 우화를 유모들에게 들려주고 가르쳐야 한다고 충고하며 다음과 같이 말했다.

"좋은 아이로 키우려면 호메로스의 신화처럼 함정을 파고 서로 싸우는 신들의 이야기가 아니라 선하고 진실한 이야기를 들려줘야 한다. 모든 일에서 중요한 것은 시작점이라는 것을 우리는 잘 알고 있다. 따라서 첫 번째 이야기와 이야기꾼은 매우 중요하다. 올바른 이야기꾼을 찾는 것보다 잘못된 가르침을 바로잡는 것이 훨씬 더 어렵다."

당시의 책에 오늘날 우리가 읽는 이야기가 포함되어 있지 않았고, 구두로도 전달되지 않았다는 것은 사실이다. 나중에 등장한 신화가 그리스와 라틴 문화 모두에서 채택되었다는 사실 또한 너무나 분명하다. 신들의 이름이 어떤 이야기에서는 라틴어로, 또 다른 이야기에서는 그리스어로 되어 있다는 사실에서 이를 쉽게 이해할 수 있다. 한 곳에서 '제우스'라고 불리는 신은 다른 이야기에서 라틴어 신 '주피터'가 되고, '아폴로'는 라틴어 전집에서 '피버스'라고 불린다. 반면에 제우스의 어머니로 알려진 어머니 신 키벨레는 전혀 언급되지 않는다.

다른 많은 편집자와 마찬가지로 라퐁텐도 이 모순을 놓치지 않았음을 볼 수 있다. 그렇지 않았다면 신이 등장하는 수많은 이야기 중에서 단 열 가지 이야기만 포함했겠는가? 그리고 그중 다섯 편은 제우스에 관한 이야기이고 나머지는 헤라, 헤르메스, 아폴로, 오디세우스, 데모크리토스에 관한 이야기다. 우상에 관한 이야기도 두 편이 있는데, 이 두 편에서는 어떤 신의 이름도 언급하지 않았다.

라퐁텐은 이솝과 마찬가지로 사블레르 부인, 실레리 부인, 부르고뉴 공작과 같은 귀족들을 위해 우화를 썼다. 그의 원작 중에는 소크라테스, 알렉산더 왕, 아테네 시인을 위해 쓴 세 가지 이야기도 있다. '몽골의 꿈'이라는 말도 안 되는 이야기도 있는데, 이 이야기는 라퐁텐 사후에 추가된 것 중 하나다. 이 이야기는 몽골의 한 시인이 지옥에 떨어지는 꿈을 꾼다는 내용이다. 몽골의 침략 당시 서구를 휩쓸었던 공포의 영향으로 만들어진 이야기라고 추정된다. 하지만 이 이야기는 뒷받침할 정보가 충분하지 않다. 샤머니즘에는 천국이나 지옥에 대한 개념이 없다. 샤먼 신앙에서는 신이 사람을 벌하지 않는다고 믿는다. 이 부분은 라퐁텐이 철저한 조사 없이 글을 썼다는 것을 드러낸다.

개인적으로 라퐁텐 역시 이솝 우화 중 일부 허무맹랑한 이야기에 대해 회의적이었다고 짐작된다. 그가 353편 중 235편만 선정한 이면에는 이솝 우화의 실제 내용과 허구 사이의 균형이 맞지 않았기 때문일 수 있다고 생각한다. 만약 대부분의 이야기를 라퐁텐이 직접 쓴 것이 사실이라면, 그가 실제로 선택한 이솝 우화는 235편에도 못 미친다.

이솝 우화에 추가된 이야기는 튀르키예의 '나스레딘 호자 민담'으로 전해지는 내용 중 호자에게 어울리지 않는 이야기를 상기시킨다. 나스레딘 호자를 자신의 견해에 끼워 맞추려고 하거나 호자의 삶에 대한 태도가 자신의 윤리관을 벗어난다고 생각하여 다른 차원의 이야기로 전환시키려는 사람들이 만든 우스꽝스러운 이야기. 이는 마치 호자의 지성을 조롱하듯 호자와는 전혀 어울리지 않는다.

점토판에 기록된 최초의 우화와 수메르의 동물 이야기

수메르 학자 새뮤얼 노아 크레이머는 저서 《역사는 수메르에서 시작되었다》에서 수메르의 동물 이야기는 이솝이 태어나기 천년 전에 쓰였다고 말한다. 수메르 학자 무아제즈 일미예 츠으Muazzez İlmiye Çığ는 수메르의 동물 이야기가 그보다 더 이전 시대에 쓰였고 수메르인들의 초기 문학 텍스트가 들어 있는 점토판에서 발견되었다고 내게 말한 적이 있다. 또한, 이 이야기들 중 다수는 튀르키예 내 박물관에 소장된 12만 개의 점토판에서 발견되었다고도 말했다.

크레이머는 수메르 속담, 관용구, 동물 이야기에 대한 자신의 의견을 다음과 같이 설명한다. 1934년 에드워드 치에라Edward Chiera라는 미국의 고고학자가 대학 박물관 소장품 중 니푸르에서 발견된 점토판에 적힌 1800년대 속담의 설형문자 번역본을 출판했다. 이 번역본은 수메르인들의 속담과 관용구를 책으로 엮어낸 것이었다. 이후 크레이머는 문학 점토판 연구에 전념했다. 1937년 이스탄불을 찾은 크레이머는 이스탄불 고고학 박물관에서 관용구와 속담이 새겨진 많은 점토판 조각을 발견해 사본을 만든다. 1951~1952년 사이 다시 이스탄불을 찾은 그는 이번에는 80여 점 이상의 사본을 만들고 백 개가 넘는 속담을 찾아 필라델피아의 대학 박물관으로 돌아온다. 그러나 그는 연구할 시간이 없었다. 결국 박물관의 연구 조수인 에드먼드 고든Edmund Gordon에게 점토판 사본과 정보를 넘겨 분석을 맡긴다. 에드먼드 고든은 이 완벽한 점토판에서 거의 3백 개의 속담을 찾아내는 데 성공한다. 수메르의 작가들이 속담과 관용구를 수집했을 뿐만 아니라 우화도 추가했다는 사실이 차츰 밝혀졌다. 에드먼드 고든은 교훈으로 끝나는 이 우화들이 이솝 우화와 유사하다는 점을 간과하지 않고 '이솝 우화집Aisopica'이라고 명명했다. 크레이머는 에드먼드 고든 박사가 번역한 이 우화 40여 편을 1956년에 출간한 그의 저서 《역사는 수메르에서 시작되었다》에 수록했다. 그러나 수록된 이야기들은 이솝 우화보다 훨씬 짧은 요약 수준으로 편집됐다. 크레이머에게 이 이야기들의 유일한 가치는 일부 이야기에 담긴 속담과 관용구, '비유'에서 배울 수 있는 교훈과 문학 텍스트에서 발견되는 특정 표현뿐이었다.

　개인적으로 고든의 작업에서 가장 중요한 측면 중 하나는 번역 작업 과정에서 포유류, 조류, 곤충 등 64종의 동물의 삶에 관한 속담 295개를 우화의 일부와 통합했다는 사실이다.

　이 우화에 등장하는 동물 중에는 늑대, 대장 늑대, 사자, 코끼리, 길들여진 염소, 야생 염소, 오록스(멸종된 프리미제니우스), 가축 또는 야생 돼지, 여우, 하이에나, 들개 또는 가축이 된 개가 있다. 이외에 고양이, 암소, 황소, 어린 소, 말, 숫양, 노새, 원숭이, 몽구스(족제비과), 들쥐, 흰쥐, 민물 거북이와 게 등이 등장한다.

이솝 우화집

에드먼드 고든의 번역 초고가 새뮤얼 노아 크레이머의 《역사는 수메르에서 시작되었다》에 수록되었을 때, 역사가와 수메르 학자들은 이솝 우화와 수메르 설화 사이에 몇 가지 유사점을 발견했다. 학자들은 주제, 허구성, 주인공을 동물로 선택했다는 것이 비슷하다는 점에서 이 이야기를 "이솝 우화"라고 불렀다. 여우와 개를 제외한 동물 캐릭터의 특징들도 이솝 우화와 동일하다. 수메르 우화에서 여우는 오만하고 지능이 부족한 동물이지만, 이솝 우화와 《라퐁텐 우화》에서는 장난기 많고 교활하며 영리한 동물로 묘사된다. 희생적이라고 알려진 개가 수메르에서는 자신의 집도 못 찾고 신뢰할 수 없는 친구라고 여긴다.

　본인은 수메르 우화와 이솝 우화의 유사점에 관해 연구했는데, 46개의 우화 중에서 서로 똑같은 우화를 찾는 것은 불가능했다. 향후 더 많은 점토판 판독이 진행되어 새로운 우화가 발견되면 이솝 우화의 수도 늘어날 것으로 예상한다. 그래도 본인의 연구에서 찾은 유사점 몇 가지를 언급하겠다. 바꿀 수 없는 운명에 직면한 상황에서 양과 돼지가 나눈 대화인 이솝 우화 94

번 '돼지와 양 떼' 이야기와 수메르 우화 중 '푸줏간 주인과 살찐 돼지'는 등장인물과 주제가 모두 유사하다. 또 다른 예는, 이솝 우화의 237번과 146번 이야기 '생쥐와 족제비', '낙타와 제우스'는 수메르 우화 '오록스의 뿔을 가진 여우' 이야기와 유사한데 특히 '생쥐와 족제비' 편과 매우 흡사하다. 두 편 모두 주인공이 머리에 뿔을 달게 되어 둥지에 들어갈 수 없다는 내용을 담고 있다. 수메르 우화에서는 여우가 엔릴 신에게 뿔을 달라고 하고, 이솝 우화에서는 제우스 신에게 소원을 빈다. 이야기의 끝에 나오는 '교훈'은 서로 동일하다. 특히 '생쥐와 족제비' 이야기는 마치 같은 사람이 쓴 것처럼 보인다. '엄지동이'(그림형제 동화) 이야기도 작은 구멍으로 헛간에 들어갔던 늑대가 잔뜩 먹고는 배가 불러 빠져나오지 못하고 잡히는데 사람들이 늑대의 배를 가르고 배에서 엄지동이를 구해낸다는 내용이다. 수메르나 이솝 우화와 마찬가지로 튀르키예 민화에도 작은 구멍을 통해 들어갔다가 배가 불러 나올 수 없었던 동물에 얽힌 여러 가지 이야기가 있다.

나의 수메르 이야기

역사책과는 별개로 수메르인에 관한 첫 발견은 《수메르어와 튀르키예어의 역사적 관계와 튀르키예어의 기원 문제Sümer ve Türk Dillerinin Tarihi İlgisi ile Türk Dili'nin Yaşı Meselesi》라는 오스만 네딤 투나Osman Nedim Tuna 박사의 저서를 접하며 시작되었다. 튀르키예어 협회에서 1990년에 출판한 이 책은 학술 연구서로 50페이지 분량이었지만 일주일이 지나도 다 끝낼 수 없을 만큼 읽기 쉽지 않았다. 그만큼 평범한 책이 아니었고 수메르 역사, 수메르어, 튀르키예어 비교 연구를 하는 학자들을 위한 과학적 작업의 산물이었다. 솔직히 말한다면 당시 나는 아타튀르크Mustafa Kemal Atatürk가 수메르인에 대해 언급한 말이 불러일으킨 내 호기심에 대한 실마리를 찾던 중이었다. 같은 해인 1990년, 튀르키예 역사학회 출판사는 새뮤얼 노아 크레이머라는 수메르 학자의 저서 《역사는 수메르에서 시작되었다》를 출판했는데, 번역은 무아제즈 일미예 츠으가 맡았다. 이 책의 두 페이지를 넘기자 아타튀르크가 앙카라 대학의 언어, 역사,

지리 학부를 설립할 때 세계의 타 대학에서 '아시리아학'으로 불리던 학과 이름을 '수메르학'으로 특별히 명명했다는 사실을 알게 되었다. "바로 내가 찾던 책이다!"라고 외치며 즉시 구매했다. 나는 350페이지를 나흘 만에 읽어버렸다. 1956년에《수메르 점토판》이라는 제목으로 처음 출판되었다가 1959년부터 새로운 장들이 추가되어 다시 영문으로 출판되었다. 1981년부터 다양한 언어로 번역되기 시작했고, 튀르키예어 번역본은 초판이 발행된 지 정확히 34년 만인 1990년에 이루어졌다. 나는 책 속에 담긴 격언, 관용구, 속담과 조각난 점토판에서 읽어낸 동물 이야기에 몹시 흥미를 느꼈다. 원래부터 우화에 빠져 있던 나는 언제나 우화가 아동문학에서 특별한 자리를 차지한다고 생각했다. 1983년에 사바하틴 에윱오울루가 튀르키예어로 번역한《라퐁텐 우화》을 처음부터 세세히 읽어내렸다. 원래 어른들을 위해 쓰인 이 책의 일부 이야기들은 아동용으로 적합하지 않다는 것을 알았기에, 라퐁텐이 동물들에게 재판을 받는다는《숲속 법정에 선 라퐁텐La Fonten Orman Mahkemesinde》이라는 풍자가 담긴 우화를 직접 썼다. 나는 다시 책장에서《라퐁텐 우화》을 꺼내 처음부터 끝까지 다시 한번 읽었다. 그리고 누룰라흐 아타츠의 '이솝 이야기'를 재집필한 타륵 두르순Tarık Dursun의 책까지 읽었다. 그동안 이솝 우화뿐만 아니라 인도 동화, 판차탄트라, 베이다바Beydaba의 칼릴 딤네시Kelile Dimnesi, 메블라나의 글, 크릴로프 우화, 톨스토이, 조지 오웰, 제임스 서버, 이탈로 칼비노 등을 모두 찾아 읽었다. 지금은 기억나지 않지만 이외에도 수많은 우화를 찾아 읽었다. 어린이들이 가장 좋아하는 책 중 하나인《숲속 법정에 선 라퐁텐》은 연극으로 만들어져 아나톨리아의 모든 지역 어린이들을 위해 SAKM(사드리 알르싴 문화센터)에서 6년 동안 꾸준히 공연되고 있다. 이 연극은 이제 학교의 연말 발표회에 없어서는 안 될 작품이 되었다. 이렇게 저자인 나보다 어린이들이 더 좋아하는 우화가 된, 진정한 성공이었다. 이에 고무된 나는 수메르 우화를 쓰기 시작했다. 그러던 중 무아제즈 일미예 츠으 선생이《수메르 동물 이야기Sümer Hayvan Masalları》라는 제목으로 다섯 편의 산문을 엮은 작품을 출판했고 이 책은 내 작업을 격려하는 셈이 되었다. 나는 라퐁텐이 사용한 이솝 우화 기술 방식이 맞다고 생각했고, 수메르 동물 우화를 시적인 산문 형식으로 써야겠다고 생각했다. 그리고 그렇게 써냈다. 단어 하나하나, 이야기 하나하나에 몇 시간 또는 며칠을 들여 써내려갔다. 공책 대여섯 권을 가득 채워 쓴 내용을 수차례 다시 쓰기도 했다. 그런 다음 컴퓨터 앞에 앉아 초기 편집 버전에서 속담, 관용어구와 함께 이야기를 분류했다. 마침내 수메르인들의 우화를 나만의 언어로 형상화해냈고 이어서 어린이의 언어로 풀어냈다. 하나의 이야기가 또 다른 이야기가 될 수 있는 것과 같이.

일러스트레이터 에르도안 오울테킨과는 오랜 우정을 쌓아왔다. 수년간 같은 신문사에서 일했지만, 함께 낸 책은 단 한 권뿐이었다. 처음인 만큼 의미 있는 책을 출판하자고 했다. 그림도 글만큼이나 중요했기에 우리는 며칠 동안 함께 고민하고 몇 시간 동안 이야기를 나누며 자료를 연구했다. 에르도안은 수메르의 조형물과 동물 형상에서 찾은 수백 개의 이미지를 수집한 뒤 수차례의 스케치를 통해 그 시대를 반영하는 스타일로 그려냈다. 그림들은 점토판 색으로 채색하여 여러분과 만나게 했다. 4천년 전으로 거슬러 올라간 이 이야기를 여러분도 재미있게 읽으실 거라 믿는다. 여러분의 손에 들린 책은 에드먼드 고든 박사가 번역한 초고를 바탕으로, 세계 최초로 46개의 이야기를 한데 모아 원전에 충실한 우화로 재구성한 것이다.

인류 역사상 최초로 기록된 우화인 수메르 우화가 나는 유독 좋았다. 특히 서양에서는 그리스 문화에서 기인했다고 여기는 프리기아의 이솝과 우화의 근원으로 나를 데려다주었기 때문이다. 수메르 우화는 이솝보다 천년 전에 살았던 수메르의 필경사들이 설형문자로 쓴 역사상 최초의 동물 이야기이자, 점토판이라고 불리는 흙으로 만든 책에 옮겨져 있었다. 수메르 사람들의 이야기 46편을 우리 아동문학에 소개할 기회를 얻게 되어 말할 수 없는 기쁨을 느낀다. 그리고 딸 부르주 우랄 코판에게서 가장 큰 지지를 받았다는 점을 언급하지 않을 수 없다. 또한 존경하는 에드워드 치에라, 새뮤얼 노아 크레이머, 에드먼드 고든과 수메르 학자 무아제즈 일미예 츠으, 하티제 크즐라이, 그리고 우리가 수메르 문화에 대해 안목을 갖게 해주고 관점을 바꾸게 만들어

준 무스타파 케말 아타튀르크에게도 진심으로 감사의 마음을 전한다.

이스탄불 제케리야쿄이에서

2016년 5월 19일

얄와츠 우랄

얄와츠 우랄의 《수메르 우화》를 번역하고 자료를 찾으면서 고대 수메르 문명이 서구 문화에 끼친 지대한 영향을 다시 한번 확인할 수 있었다. 특히 그리스-로마 문화와 아동문학의 금자탑으로 여겨지던 이솝 우화가 수메르 우화에 그 단단한 뿌리를 두고, 우리 어린이들에게 익숙한 그리스-로마 신화의 많은 부분들도 수메르 신화에서 비롯되었다는 사실에 적지 않게 놀랐다. 이 책을 읽으면서 왜 우리는 서양과 동양이라는 이분법으로만 세상을 바라보고 인류 문명의 원천이자 어머니 같은 아나톨리아 문명과 수메르 문명의 실체에 대해 깊은 관심을 갖지 못했을까 하는 의문이 들었다. 세계 4대 고대 문명 중 이집트·메소포타미아·인더스 문명 등 세 개가 중동-오리엔트 지역에서 발아되었고, 조로아스터교·유대교·기독교·이슬람교라는 세계적인 일신교가 모두 이 지역에서 생겨났다. 지금까지 한 치의 빈틈없는 찬란한 역사와 문화가 이어져왔음에도, 문명이나 신화의 산실이자 고향인 유프라테스-티그리스 강 상류에 위치한 북부의 아나톨리아 반도와 남쪽의 수메르 문명에 관한 지식은 너무나 제한되었다.

모든 것을 그리스-로마 문명의 틀 속으로 편입하는 서양 중심주의에 대한 서늘한 질타를 얄와츠 우랄은 이 책을 통해 우리에게 전해주고 있다. 그리스 문학의 최고봉인 《일리아드》《오디세이아》의 저자 호메로스도, 그리스의 위대한 역사가인 헤로도토스도, '만물의 근원은 물이다'라고 설파한 철학의 아버지 탈레스도, 이솝 우화의 주인공인 이솝도 모두 아나톨리아 반도가 배출한 뛰어난 인물이다. 의학의 태두인 히포크라테스도 아나톨리아의 페르가몬에 있는 아스클레피온 병원에서 의학을 공부했고, 그리스 대철학자인 아리스토텔레스도 아나톨리아 남동부 철학 도시 밀레투스 학파에 속해 있었다. 트로이 전쟁의 무대도 아나톨리아이며, 구약성서의 무대도 아나톨리아 문명과 밀접한 관련성을 갖는다. 노아의 방주가 걸렸다는 아라라트산과 에덴동산의 무대, 아브라함이 태어나 활동하던 하란, 1만 2천년 전 인류 최초의 신전 도시가 발견된 괴베클리 테페 등도 모두 유프라테스-티그리스 강이 발원하는 상류의 광범위한 지역에서 화려한 꽃을 피웠다. 여인 천하였던 아마존 왕국도, 만지기만 하면 황금으로 변하는 황금 손의 왕이자 "임금님 귀는 당나귀 귀다"의 주인공인 미다스의 왕국이었던 프리기아도, 철기시대를 열어주었던 히타이트도 모두 아나톨리아 반도에서 생성과 발전을 거듭해오면서 유럽에 앞선 문화를 전해주었다.

이제 우생학과 헬레니즘이라는 지나친 서양 중심적 사고에서 벗어나, 이 책을 통해 왜곡되었던 인류 문화권 사이의 관계와 교류의 맥락을 되찾기 바란다. 이런 점에서 얄와츠 우랄의 《수메르 우화》는 우리들이 깨끗한 상태에서 인류의 오랜 이야기를 편견 없이 바라다보고 아름답고 진솔한 지구촌 이야기를 접할 수 있게 해주는 소중한 책이다. 함께 번역을 맡아준 전선영 님에게도 깊은 감사를 전한다.

역자를 대표하여
봄꽃 피는 하산연실에서
이희수(성공회대 석좌교수)

옛날 옛적 수메르에는
사자도 하이에나도 없었답니다.
늑대도, 들개도 살지 않아서
두려움과 불안에 떨며 걱정할 일도,
켕게르족의 적도 없었답니다.

수메르 시인

아홉 마리의 야생 늑대와
욕심 많은 대장 늑대

늑대는 혼자 다니지 않는다.
단결이 힘이란 걸 알기에,
함께 뭉쳐,
먹잇감을 놓치지 않는다.
무리 중 한 마리가 우두머리가 된다.
누구도 우두머리의 뜻을 거스를 수 없다.
대장이 화가 나면 무리에서 쫓겨날 수도 있기에
아무도 저항하지 못한다.
늑대는 안개가 자욱한 날씨를 좋아한다.
멀리서도 코로 감지한다,
먹잇감의 냄새를.

늘대는 먹이를 찾아
산 구석구석을 뒤지지 않는다.
마치 자신이 갖다 놓은 듯이,
주인 없는 야생 양들을 찾아낸다.
그렇게 눈 내리는 어느 겨울날……
아홉 마리의 늘대와 대장 늘대 한 마리는
자욱한 눈보라 치는 계곡에서,

아무도 지키지 않는 한 무리의 양 떼를……
쫓느라 달리지도 않고
힘 하나 들이지 않은 채……
잡아들였다. 열 마리였다.
무리 중에 약삭빠른 늑대 한 마리가
우두머리를 기다리지 않고,
잡아들인 양을 세어 나누기 시작했다.
하나, 둘, 셋, 넷, 다섯…… 여덟, 아홉, 열.
"아주 잘됐네.
모두에게 양이 한 마리씩 돌아가는군."
그때 우두머리가 "서두르지 마"라며
약삭빠른 늑대를 향해 다가갔다.
"아직도 나눗셈을 모르는군,
이 멍청한 녀석은…….
이렇게 하찮은 일을 하느라 내가
곱셈, 나눗셈까지 하게 만드는구나!
대장의 법칙에 따라,
아홉에게 하나, 하나에게 아홉이다.
그러니 나에게 양 아홉 마리, 너희에게 양 한 마리가 돌아가지!"
"뭐라고요……?
무슨 셈법인지 전혀 모르겠습니다." 늑대들은 항변했다.
부하들을 향해 대장 늑대는
"미안한 말이지만, 너희들은
셈을 할 줄 모르거나

매를 맞아본 적이 없는 게로구나!
내가 너희의 목숨을 거두기 전에,
너희에게 준 한 마리 양의 가치라도 제대로 알고
가죽이 벗겨지고 싶지 않다면
너희 몫을 챙겨 당장 물러가!"

사자와 꾀 많은 염소

사자가 수풀 속에서,
누워 잠들어 있었다.
배도 고프고, 피곤한 데다 잠도 잘 자지 못해 짜증이 났다.
몇 날 며칠 목구멍으로
고기 한 점 넣지 못한 상태였다.
사자는 잠시 눈을 붙인 뒤
밤에 사냥을 나갈 생각이었다.

눈을 막 감았다 싶었는데,
톡,
마른 가지가 부러지는 소리가 들렸다.
사자는 속으로
"이봐 사자 양반, 수풀은 네 친구나 마찬가지야"라며
스스로를 안심시키고 다시 눈을 감았다.

막 잠에 빠져들려던 찰나,
갑자기, 초대받지 않은 손님이
마른 가지를 밟으며 자신을 향해
다가오고 있음을 알아챘다.

사자는 숨을 죽인 채
눈꺼풀을 살며시 들었다.
잠든 척하며
속눈썹 사이로
주변을 살펴보기 시작했다.
주위에는 아무도 없었다.
이번에는 발소리에 귀 기울여
다가오는 손님이
누구인지 알아내려고 애썼다.
그러나 통 알 수가 없었다.
이렇게 자신 있게 걷는 녀석은
누구일까?

이 정도로 걱정되기는 처음이었다.

토끼일 리는 없었다.
토끼는 이 정도로 땅을 세게 밟거나,
마른 가지를 부러뜨릴 수 없었다.
하이에나도 아니었다.
하이에나라면 삼천 리* 밖에 있더라도 냄새로 알 수 있었다.
그럼 누구일까,
이 무엄하고도 버르장머리 없는 녀석은?
혹시 단단히 무장하고

* 200가르gar: 1,072킬로미터. — 원주

32

활시위를 당기고 있는 켕게르족* 사냥꾼인가?
불현듯,
수메르인들의 속담이 생각났다.
"수풀 속의 사자는 인간을 잡아먹지 않는다!"
"물론 사람도 사자를 잡지 않겠지." 사자는 속으로 생각했다.

어쩌면 자신보다 더 강하지만
잘 알려지지 않은 적일지도 모른다.
그래도 그는 사자였다.
숲과 초원의 왕이었다.
이곳에 사자보다 강한 동물은 없었다.
쓸데없는 걱정인가 싶어졌다.

발자국 소리는 점점 가까워졌고 마침내……
사자의 코밑까지 다가왔다.
사자는 천천히 눈꺼풀을 들어 올렸다…….
먼저 한 쌍의 발굽,
그다음은 네 개의 가느다란 다리

* 수메르인들은 스스로를 "켕게르Kenger"라고 불렀다. 오르혼 비문에는 투르크 부족 중 하나로 언급되어 있다. 《중세 튀르키예어 사전》(Tarama Sözlüğü, 13~19세기 튀르키예어 문학 작품에 사용된 단어들을 편집하여 정리한 대사전)에 따르면 켕게르는 굵은 가시를 가진 야생 아티초크라고 한다. 대중적으로는 켕게르 껌Kenger gum이라고 하는, 진액으로 만든 껌의 원료인 약초 이름으로 알려져 있다. 길가메시 서사시에 우트나피스팀이 불멸의 비밀을 찾는 길가메시에게 가시풀에 대해 언급하는 장면이 있다. 길가메시가 장미처럼 꺾다가 가시에 찔려 피가 나는 풀의 일종이 바로 야생 아티초크이다. 성모 마리아가 아나톨리아에 머무를 때, 이 약초로 병을 고쳤다는 이야기도 전해진다. —원주

그리고 두 개의 긴 뿔이 보였다.

방문객은 길들여진 야생 염소였다.

사자의 점심이 굴러들어왔다.

사자는 속으로

"이 정도로 겁이 없는 걸 보면

새끼를 낳은 어미 염소임에 틀림없어"라고 생각했다.

그녀의 젖이 마른 가슴을 보니,

며칠 동안 굶주린 게 분명했다.

얼굴에는 새싹 한 잎도

먹지 못한 티가 뚜렷했다.

염소는 자기 앞에 나타난 사자를 보고 깜짝 놀랐다.

잠깐 흠칫했지만 달아나지는 않았다.

사자는 염소의 용기에 깊은 인상을 받았다.

그는 천천히 일어나

염소 앞에 마주 섰다.

"네 이름이 무엇이냐?" 사자가 물었다.

"꾀 많은 염소입니다." 염소가 답했다.

"무슨 그런 말도 안 되는 이름이 있어?" 사자가 말했다.

"저는 제 이름이 맘에 들어요……." 염소도 답했다.

사자는 속으로 "비쩍 마른 주제에 뭘 믿고 저러지?"라고 궁금해하며

염소에게 한 발 더 다가갔다.

그제야 움찔하면서 조금 뒤로 물러나며,

"당신은 나를 잡아먹을 생각이군요." 염소는 말했다.

"잘 아네! 널 잡아먹을 생각이야." 사자가 말했다.

"절 좀 보세요! 새끼들을 먹이느라

피골이 상접한 어미일 뿐이에요.

이 마른 몸과 다리 좀 보시라고요!

뼈와 가죽뿐이에요.

절 잡아먹어봐야 뭐 하겠어요?

당신의 배를 채울 수 없을 거예요…….
만약 나를 잡아먹지 않는다면
개나 양도 없이 아무도 지키지 않는
살찐 양들이 있는 목장으로 당신을 모셔다 드릴게요.
그 양들이 맘에 들지 않으시면,
그때 저를 잡아먹어도 되잖아요."
"살찐 양들"이라는 말에
사자의 입에는 침이 고였다.
하지만 사자는 여전히 의심이 가시지 않았다.
"이봐 염소…….
만일 날 속이고
도망칠 생각이라면
넌 잘못 생각한 거야!
헛꿈 꾸지 마, 내 손아귀에선 벗어날 수 없어.
난 땅 밑까지라도 쫓아가……
반드시 너를 찾아낼 거야." 사자가 말했다.
"무슨 그런 말씀을 하세요?
저는 절대 거짓말하지 않아요."
"좋아, 그럼 앞장서봐…….
가서 그 살찐 양들을 보자고." 사자가 말했다.

염소가 앞장서고 사자가 그 뒤를 따라 걸어서,
목장에 도착했다.
목장 앞에는 마당이 있었다.
몸통이 크고 높다란 나무들로,
울타리가 쳐진 넓은 마당이었다.
나무가 얼마나 높고
촘촘하게 늘어서 있는지,
소 백 마리가

뿔로 들이받아도 무너뜨릴 수 없을 정도였다.

사자는 화를 내며,

"어떻게 여길 들어간다는 거야?" 염소에게 소리쳤다.

"걱정 마세요, 당장 들어가……

사자 님을 위해 제가 다 잡아올게요." 염소가 말했다.

그리고 염소는 뒤로 조금 물러났다가

화살처럼 날아서

자기 키보다 높은 울타리를 훌쩍 넘어

마당 안으로 뛰어들어갔다.

사자는 미칠 지경이었다.

"이봐, 배고파 죽을 것 같다고.

빨리 가서 그 살찐 양들을 잡아와." 그가 말했다.

"양은 무슨 양!

양 따위는 잊어버려." 염소가 말했다.

"무슨 소리야, 양은 무슨 양이냐니!" 사자가 말했다.

"말한 대로지…….

자, 넌 수풀로 돌아가 잠이나 자.

나는 우리 집으로 가,

새끼들에게 젖을 먹일 테니." 염소가 말했다.

사자는 매우 화가 나

눈빛이 화르르 타올랐다.

뒤로 물러났다가 훌쩍 뛰고 싶었다.

그는 염소가 했듯이

울타리를 넘으려고 했다…….

하지만 자신의 큰 덩치로는 높이 뛰어오를 수 없어,

두터운 울타리에 부딪히고는 땅에 떨어졌다.

사자는 화가 치밀어 벌떡 일어나
고개를 들고 사납게 포효했다.
산과 비탈을 넘어 모두가 들을 만큼 큰 소리였다.
이 소리를 들은 모든 양치기 개들이
사자를 뒤쫓기 시작했다.
사자는 도망치며 외쳤다.
"내 너를 잊지 않겠다, 이 마른 염소야!
결코 잊지 않을 테다!
언젠가 내 손에 잡히면 본때를 보여주마,
이 세상이 얼마나 험한 곳인지를 알려주마!"
그러자 염소도 사자를 따라 외쳤다.
"나를 기억해, 사자야, 절대 잊지 마!
그리고 내 이름도 잊지 마.
여기선 나를 '꾀 많은 염소'라고 부른단다!"

오록스의 뿔을 가진 여우

여우는 가장 교활하고,
교만하며, 장난기가 많아 남을 잘 속이지만,
반면에 겁도 엄청 많은 동물이었다.
여우에게는 다른 동물들이 가진
강력한 무기가 없기 때문이었다.

사자처럼 강력한 발톱도,
늑대처럼 강한 턱도 없으며,
멧돼지의 칼날같이
날카로운 이빨도 없었다.
만약 오록스*처럼 한 쌍의 뿔이 있었다면,
여우는 굴에서 더 안전하게 잘 수 있고,
삶을 더 평안하게 느낄 수 있었다.
여우가 갈망했던 것은,
발톱도, 턱도, 이빨도 아니었다…….

* Aurochs, 유럽 계통 소의 선조에 해당되는 종으로, 17세기에 멸종했다. 선사시대 동굴 벽화에 그 모습이 남아 있다.

단 한 쌍의 뿔
오록스의 뿔…….
그거면 충분했다, 여우에게는.
그러면 숲에서,
밭과 포도원에서 그리고 들판에서도
자유롭게, 숨을 필요 없이 다닐 수 있었다.

그러나 엔릴* 신은
여우를 이 모습으로 만드셨다.
그러니 엔릴 신께 빈다면……
여우에게 한 쌍의 오록스 뿔을
달아주시지 않을까?
세상 모든 것을 창조하고 생명을 불어넣은 분이시지 않은가.
사슴을 사자보다 빨리 달리게 만드시고,
염소가 암벽 위를 걷게 하시고,
코끼리에게는 긴 코와
짧은 꼬리를 주신 분이 아니었던가?
마음만 먹으면 뿔도 달아주실 수 있을 터였다.

다음 날 해가 뜨기 전,
굴에서 나온 여우는 곧장 엔릴의 신전으로 갔다.
그리고 신에게 빌었다.
"사랑하는 엔릴 신이시여,
당신은 제게 아름다움, 번뜩이는 재치,
예리한 눈, 영리한 머리,
길고 화려한 꼬리,
작은 소리도 들을 수 있는 귀,

* Enlil/Ellil, 메소포타미아 신화의 최고신. 운명을 재정하는 신이며, 그의 명령은 바꿀 수 없었다. 왕위를 승인하는 신이기도 했다.

그리고 비할 바 없이 아름다운 색의 털을
주셨습니다…….
이 모든 것에 감사드립니다.
그러나 이것만으로는
저 자신을 충분히 보호하기 어렵습니다.
더욱이 제 미약한 힘과 화려한 털은
적만 더 많아지게 만들었습니다.
수메르의 사냥꾼과 야생동물들이
저를 절대 가만두지 않습니다.
야수들은 제 목숨을,
수메르인들은 제 털을 노리고 있습니다.

부디 제게 한 쌍의 뿔을 주신다면
저도 적들에 맞서
더 강해질 수 있을 텐데, 그러면 안 될까요?"
여우는 간절히 애원했다.
여우의 간청에도 불구하고
엔릴 신은 아무런 답도 해주지 않았다.

이튿날 여우는 아무도 없는 포도밭으로
포도를 먹으러 갔다.
얼마나 포도를 많이 먹었던지,
배가 작은 동산마냥 부풀었다.
여우는 간신히 일어서긴 했지만
너무 배가 불러 걸을 수 없었다.
"잠을 좀 자면, 잠시 쉬면서
소화도 될 거야.

게다가 길에서 늑대라도 만나면
배에 포도가 가득해 도망치기도
어려울 테고."

여우는 구석에 웅크리고 잠을 잤다.
깨어났을 때는 이미 어둑해지고 있었다.
여우는 급히 일어서다가 약간 기우뚱했다.
"세상에, 너무 오래 잤나 봐.
온몸이 아프군. 머리에서 종이 울리는 같아.
마치 머리 위에 누가 앉아 있는 것 같군!"
여우는 중얼거렸다.

머리를 만져보려고
앞발을 이마에 갖다 댔다가
여우는 놀라서 펄쩍 뛰었다.
"세상에! 엔릴 신이시여, 당신은 진정으로 위대하십니다!
제게 오록스의 뿔을 주셨군요.
진심으로 감사합니다.
정말 무슨 말을 해야 할지 모르겠어요.
이제 저도 다른 동물들처럼 산으로, 비탈로……
두려움 없이 다닐 수 있게 됐어요!" 여우는 외쳤다.

그러고는 자리에서 일어나
달리다가 마주한
웅덩이 앞에 멈춰 섰다.
물속에 비친 자신의 긴 뿔을 한참 동안 바라보았다.
내심 얼마나 자신감이 차오르던지.
여우는 당당하게 걷기 시작했다.

이전에는 맹수들이 두려워
찍소리도 내지 못하고 날듯이 도망치던 여우가,
이제는 큰 소리로 떠들며 걷고 있었다.
"어이 늑대, 사자, 개,
자신 있으면 이리 와봐!
모두 상대해줄 테니, 이리 와 덤벼보시지.
내가 오록스처럼,
너희들을 어떻게 해치울 수 있는지 보여줄 테다!"

그러나 덤벼드는 동물은 아무도 없었다.
먹구름이 하늘을 덮기 시작했기에
새들은 날아서,
동물들은 달려서
모두 앞다퉈 집으로 돌아가기 시작했다.
여우는 전혀 아랑곳하지 않고
자신의 굴을 향해 천천히 걸으며
큰소리를 치고 있었다.

갑자기 퍼붓는 비와 함께
성난 바람이 불어와
주위가 온통 뒤죽박죽이 되었다.
여우는 비바람에도 아랑곳없이 이번에는 비를 향해 소리쳤다.
"난 이제 뿔이 있어.
네 빗방울 따위는 아무것도 아니라고!"

굴까지 세 걸음 정도 남았을 즈음
바람이 얼마나 거세게 휘몰아치던지
모든 것을 날려버리기 시작했다.
나무는 뿌리째 뽑히고
굵은 가지들도 뚝뚝 부러져 나갔다.
여우는 간신히 굴속으로 뛰어들었다.
정확히 말하면 뛰어들려고 했다.
하지만……
뿔 때문에 굴로 들어갈 수 없었다.
아무리 애를 써도 되지 않았다.
결국 먼저 꼬리부터 굴에 넣었다.
그런 다음 뒷걸음질로 굴로 들어갔다.
여우의 몸은 굴 안에 들어갔지만, 머리는 넣을 수 없었다.
바람이 왼쪽, 오른쪽 양쪽에서 불어닥쳐
여우의 뿔은 이리저리 휘청거렸다.
머리 위로 무언가가 떨어지면
죽을지도 모른다는 두려움이 스쳤다.
밤새도록 비가 쏟아져
여우의 굴은 물로 가득 찼다.
아침이 되자 여우는,
뭍에 올라온 물고기마냥 불안하고 무력했다.

태양이 떠오르자마자
여우는 곧장
엔릴 신의 신전으로 갔다.
용서를 구하며 애원하고 간청했다.
"이 뿔은 제게 너무 버겁습니다.

부디 제게서 이 뿔을 거두어주십시오.
위대한 신이시여!" 여우는 온종일 애원했다.

사람들의 말에 따르면 엔릴 신이
여우에게 이렇게 답했다고 한다.
"나는 너희 하나하나를 고유한 모습으로 창조했다.
나는 필요 이상 주지 않았고, 부족함도 남기지 않았다.
하지만 넌 내가 준 것에 만족하지 못하고
뿔 달린 동물이 네 자신보다 강하다고 여겼지.
네게 가장 큰 무기는
영리한 머리인 것을 깨닫지 못했다!"

우리는 엔릴 신이
여우의 간청을 들어주셨는지
아닌지는 알 수 없다.
그러나 지금까지 아무도
뿔 달린 여우를 본 적이 없는 걸 보면
신은 여우를 용서했는지도 모른다.

얻어야 할 교훈: 거들먹거리고 싶어 자신을 과대 포장했다가는 결국 자기 자신을 곤경에 빠트린다. 누구도 자신이 감당할 수 있는 것보다 많은 것을 바라서는 안 된다. 책임감이든 지위나 계급이든 무기로 사용할 한 쌍의 뿔이든지 간에 말이다.

사자와 멧돼지

사자가 수풀 속에서,
살찐 멧돼지 한 마리를 잡았다.
멧돼지의 날카로운 송곳니는
코의 양옆에서 한 쌍의 낫처럼
하얗게 빛났다.

사자도 이만큼 긴장되기는 처음이었다.
멧돼지의 송곳니는 장난이 아니었다.
무심코 휘둘러도,
사자를 반으로 베어버릴 것 같았다.
멧돼지는 땅을 파낼 듯이
앞발굽을 격렬하게 바닥에 문질렀다.
그러더니 갑자기 사자에게 달려들어
사나운 기세로 공격했다.
사자는 바로 옆으로 빠졌다가
멧돼지가 자기에게 다가온 순간,

목덜미에 이빨을 박아 넣고
재빨리 땅바닥에 내리꽂았다.

멧돼지가 얼마나 크게 비명을 질렀는지
사자는 고막이 터질 뻔했다.
멧돼지는 다시 한번 고통스럽게 울부짖었다.
사자가 조금이라도 입을 벌리면, 모든 상황은 달라져,
멧돼지는 살아날 수 있었을지도 모른다.

하지만 사자는 사냥꾼이었다.
아무리 큰 소리라도 사자가 사냥감을 포기하게 만들 수는 없었다.
사자는 멧돼지의 비명을 무시하려 했다.
하지만 그 소리는 사자를 더 불안하게 만들었고
사자는 멧돼지의 목덜미에 이빨을 더 깊이 박아 넣었다.
멧돼지는 패배를 인정할 수밖에 없었다.
그러자 사자가 말했다. "한입 맛보기도 전에
네 날카로운 비명 때문에
귀머거리가 될 뻔했어."
멧돼지는 아무런 말이 없었다.
사자는 계속해서 말했다.
"헛수고하지 마. 지금 얼마나 배가 고픈지
내 위가 내 양심의 소리를 억누르고 있어.
그러니 쓸데없이 힘빼지 않는 게 좋아.
아무리 소리 질러봤자
나를 포기시킬 수는 없을 거야.
엔릴 신은 사자를 사냥꾼으로, 너희를 사냥감으로 만드셨지.
너희의 비명 소리가 우리의 배를 채워주지는 못해.
그리고 잘 알고 있겠지만,
이런 세상의 질서를 만든 건 내가 아니란다."

코끼리와 꼬마 솔새

어느 날 코끼리는
숲속 여기저기를 어슬렁거리다가
고함치기 시작했다.
"이 숲에서 가장 큰 동물은 나야!
나보다 더 크고, 더 힘세고,
이만큼 훌륭한 동물은 없지!
너희 중에 '아니라고!' 생각하는 동물은
나와서 얘기해보시지."

동물들은 코끼리가 무서워 "찍" 소리도 내지 않았다.
코끼리의 자화자찬은 멈출 줄 몰랐다.

"너희 중 누가, 나처럼 온갖 소리를 들을 수 있는
큰 귀와 긴 이빨……
이렇게 작고 가는 꼬리를 가지고 있지?
호스처럼 긴 내 코 좀 봐봐!

난 물을 마실 때 너희처럼
강에 몸을 굽힐 필요도 없거든.
나 같은 동물은 이 숲이 아니라
이 세상에서도 없을걸.
너희 모두 잘 기억해둬.
나는 아주 특별한 동물이야.
내 커다란 덩치가 무서워서가 아니라
내가 너희와 다르게 창조되었기 때문에 나를 사랑해야 한다는 걸!"
코끼리는 같은 말을 몇 번이고 되풀이했다.
아무도 여기에 대꾸조차 하지 못한 채,
모두 코끼리의 말을 듣고만 있었다.
사실, 숲에서 코끼리보다 더 큰 동물은 없었다.
코끼리는 거대한 동물이었다.
사자조차도 그와 마주치지 않도록 조심했다.
그래서 아무도 목소리를 낼 수 없었다.
작은 솔새가,
이런 자랑이 지겨워
거대한 코끼리 등에 앉을 때까지는 말이다.
작은 솔새는,
"그만해!"라고 말했다.
"도대체 어디서 이런 잘난 척을 하는 거야?
나도 특별해.
이 세상에 나 같은 동물도 없어."
화가 난 코끼리는 투덜거리며
"나랑 너랑 같다는 말이야?" 되물었다.
솔새는,
"아니, 그런 말이 아니야.

나는 너보다 더 특별하게 창조된 존재이기 때문이지.
나는 지저귈 수도 있고, 노래도 하지만
너는 끙끙대는 울음소리나 내지.
나는 날 수 있지만, 너는 느리고 무겁게 걷잖아.
더군다나 이 짧은 인생에서
불행하게도 너처럼 자기 자랑뿐인 동물과
이 세상을 공유하고 있잖아"라고 말했다.
솔새가 둥지를 향해 떠나자,
코끼리는 조용히 사라졌다.*

* 이 책에 담지 않은 또 다른 '코끼리와 솔새' 이야기도 있다. —원주

여우와 그의 아내 툼멜

어느 날 여우가 아내와 함께 사냥을 나갔다.
길을 가다 보니 둘은 우루크 도시로 향하고 있었다.
여우가 아내에게 말했다.
"가자, 툼멜*, 우루크로 가서
이 도시를 잘근잘근 씹어주자!"
여우의 아내도
"그럼 쿨랍 도시도 샌들처럼
우리 발아래 두고 밟아버리자"고 맞장구쳤다.
그들은 도시에서 200가르 떨어진 곳에 멈춰 섰다.
바람에 실려온 여우 냄새를 맡은 개들이
일제히 짖기 시작했다.
개 짖는 소리가
점점 더 가까워지자 여우는,
아내를 향해 소리쳤다.

* 여우의 아내 이름. ─원주

"게메 툼멜, 게메 툼멜!
서둘러, 꾸물거리지 말고, 툼멜!
언젠가는
우루크를 잘근잘근 씹어먹고
샌들도 우리 발에 신기게 될 날이 올 거야."
남편은 앞에서, 아내는 그 뒤를 따라
얼마나 잽싸게 도망치는지,
겁에 질려 꽁지가 빠지게
줄행랑을 쳤다.

개와 조련사

수메르인들은 개를
충직한 동물로 여기지 않았다고 한다.
그래서 "개는 자기 집도 모른다!"는 말을
늘상 하곤 했답니다.

개 조련사가
똑똑하고 어린 개 한 마리를
훈련시키고 있었다.
"앉아!"
"일어나, 다시 앉아!"
개는 최선을 다해
시키는 대로 따르려고 애썼다.
조련사는 다른 지시를 내렸다.
"저리 가!"
"이리 와!"

"제자리로 가, 다시 와!"
"앉아, 이제 일어나!"
개는 몹시 짜증이 났다.
조련사를 향해 말하기를,
"넌 아직 나한테 뭘 시켜야 할지를
결정하지 않은 것 같은데!
이렇게 원칙도 없이
계속 생각을 바꾸면
내가 어떻게 훈련을 받을 수 있겠어?"*

* 이 우화와 연결되는 속담: 개가 "저걸 잡아!"라는 말을 이해한다고 해서 "나한테 가져와!"라는 명령도 이해한다는 의미는 아니다. ─ 원주

민물 거북이와 고원

따분하고 지루했다.
거북이는 종일 개울을 오르락내리락하며
헤엄치는 게 전부였다.
게다가 개구리는
쉴 새 없이 개굴개굴 울어대고,
모기의 윙윙거리는 소리와,
끝 모를 물고기의 침묵에
거북이는 사는 게 지겨워졌다.

거북이는 혼잣말을 했다.
"이게 사는 건가?
매일 물에서 씻기나 할 뿐.
저 새들 좀 봐.
마치 하늘에서 헤엄치듯,
머리를 구름에 기대고 있고

새들은 나무 위에 둥지를 짓지.
저 언덕을 좀 봐,
머리에 꽃을 한가득 이고 있는 암벽들도.
누군들 저런 곳에서 살고 싶지 않을까?
아! 나도 저 고원에 올라갈 수만 있다면,
저 새들처럼
저 높은 곳에서 세상을 바라볼 수 있다면…….
나도 저런 곳에서 살 수 있는데.
그러면 눈도 깜빡이지 않고
하루 종일 태양을 바라보며
내 등껍질도 말릴 수 있을 거야.
한 번만이라도 하늘에서
시냇물, 마을, 평야를 볼 수 있다면……
저 구름을 한 번이라도 만질 수 있다면,
수풀 속의 꽃 냄새를 맡을 수 있다면……
그것만으로도 충분할 텐데."

다음 날 거북이는 물 밖으로 나왔다.
언덕을 오르기로 결심했다.
겨우 몇 발자국을 뗐을까 말까
거북이의 발이 큰 돌에 걸렸다.
거북이는 돌을 뛰어넘으려다 그만,
물갈퀴 달린 발이 허공으로 붕 뜨더니……
젖은 등껍질이 미끄러지며,
데구루루 데구루루
개울로 다시 굴러떨어졌다.

몇 번 더 미끄러지기를 반복하며
제자리로 돌아오자,
거북이는 정신을 차렸다.
"내 등껍질 아래 있는 습기와 이끼가
바위 위에서
미끄러지게 만드는구나."
거북이는 먼저 배부터 시작해
지느러미가 달린 손과 발까지
흙에 문질러
물기를 닦아냈다.
그리고 다시 위로 오르기 시작했다.

이번에는 더 조심스럽게 올라갔다.
눈앞의 장애물 하나도
깊이 생각하고, 철저히 계산하며
그냥 지나치는 법이 없었다.
거북이는 돌 하나하나를 살피며
눈앞의 수풀이나 풀잎 하나라도 입으로 물어
몸을 위로 끌어 올렸다.

올라갈수록 길은 더 가팔라졌고
그만큼 오르기는 더 힘들어졌다.
하지만 거북이는 힘든 상황에 굴하지 않았다…….
"높이 오르려면
먼저 용기가 그다음엔 힘이 필요해.
그리고 이보다 중요한 건
자신이 무엇을 하는지 아는 머리와,
절대 포기하지 않는 강심장,

그리고 저항 정신이지."
때로는 멈췄고,
때로는 미끄러지고 굴러떨어지면서도
다시 시작하던 거북이는
어느새 길의 절반에 이르렀다.
한데 눈앞에 펼쳐진 길에는
온통 바위뿐이었다.
이제 앞에는 이로 물고 버틸
풀 한 포기조차도 없었다.
거북이는 스스로 다짐했다.
"여기까지 왔는데,
이젠 돌아가고 싶어도 돌아갈 수 없어!"

그는 온 힘을 다해 바위를 붙잡고,
물갈퀴가 달린 발을 앞으로 내디디려던 순간
균형을 잃고 말았다.
거북이는 순식간에 미끄러지기 시작했고
데구루루 데구루루 아래로 굴러떨어졌다…….
거북이는 뒤집힌 채 바위 사이에 끼어버렸다.
발버둥도 치고 몸부림도 쳤지만 모두 헛수고였다.
물속에서 뒤집혔다면,
물갈퀴를 이용해 쉽게 뒤집을 수 있겠지만,
이번에는 갇힌 곳에서 빠져나올 수가 없었다.
눈앞에서 자신을 노리는 독수리들을 바라보았다.
이제 구름도 하늘도
예전처럼 아름답게 보이지 않았다.
이젠 거의 해 질 무렵이 되었다.
"내 남은 인생 동안,

하늘만 바라보며 살 수는 없지.
결국엔 독수리의 먹이가 될 뿐이겠지.
이제 정신 차리고 머리를 쓰자,
거북아!" 혼잣말로 외쳤다.

그런데 갑자기 돌풍이 불었다.
구름은 바람을 앞세워,
모든 것을 휩쓸어갔다.
그리고 바람이 거북이를 휘감자,
갇혀 있던 바위에서 빠져나올 수 있었다.
거북이는 휘몰아친 바람에 날려……
바위에 이리저리 부딪히고
이리로 날아가고,
저리로 구르다가
개울 바닥으로 떨어졌다.
그는 재빨리 물 위로 올라와
머리를 내밀고 숨을 내쉬었다.
휴우우우, 한숨을 토하고 말했다.
"야, 때마침 돌풍이 불다니 운이 좋았어.
그렇지 않았다면 산 위에서
늑대나 새에게 잡아먹혔을 거야."
아침부터,
거북이를 지켜보던 솔새 한 마리가
거북이에게 말을 걸었다.
"이봐! 거북이!
우리는 자기 자신을 알아야 해.
자신이 있어야 할 자리, 재능, 능력을 말야.

너 손톱과 발톱이 있는
육지 거북이가 아니라,
민물 거북이잖아.
엔릴 신은 네가 헤엄칠 수 있도록
발톱이 있는 손과 발이 아니라 물갈퀴를 주셨어.
어떤 생물도
다른 생물의 삶을 부러워해서는 안 돼.
산을, 나무를, 물을 부러워해서는 안 된단 말야.
너는 거북이고,
나는 솔새잖아.
넌 개울에 살고,
난 수풀 속 나뭇가지로 만든
둥지에 살아야지.
네가 시냇물에서 자유롭게 헤엄치듯,
나는 네가 동경하는 하늘에서 날아다니지만,
항상 내 마음속엔
어떤 맹금류의 먹이가 될까 봐 두려움을 품고 있어."

"네 말이 맞아." 거북이는 대답하자마자,
바로 물속으로 들어갔다.
깊은 물속을 헤엄치며
거북이는 중얼거렸다.
"나는 개울 바닥에 있는 내 집이 정말 좋아.
내가 자유롭게 헤엄칠 수 있고,
적들로부터 나를 보호해주니까."

자신이 영리한 줄 아는 여우

암소와 황소가 언덕에서 풀을 뜯고 있었다.
여우는 몹시 배가 고파 먹이를 찾아다니는 중이었다.
하지만 소는 여우에게 손쉬운 먹잇감이 아니었다.
소는 크고 힘이 세지만
여우는 작고 겁이 많았다.
주위를 둘러보던 여우는 나뭇가지 위의 새 한 마리를 발견했다.
여우는 군침이 돌았다.
"딱 맞는 먹잇감이네. 이 녀석만 속일 수 있다면,
오늘 하루는 충분히 배부르겠군."

여우는 나무 아래로 다가갔다.
고개를 위로 들어 올리고는
"아름다운 새야, 너 그거 아니?
저 바위 뒤에
아주 맛있는 씨앗이 있단다."

새는 바위 뒤로 날아가보았다.
빙그르 한 바퀴 돌아보고 다시 제자리로 돌아왔다.
"씨앗이 하나도 없는걸." 새가 말했다.
"아냐, 있어. 큰 바위 바로 뒤에 있어.
게다가 엄청 많이 있어.
네가 땅으로 내려가지 않아서 안 보였나 봐.
원한다면 내가 알려줄게." 여우가 말했다.

새는 다시 살펴보러 날아갔다.
여우는 새 뒤를 쫓아갔다.
새가 바위 주위를
한 바퀴 더 돌더니
다시 나뭇가지에 내려앉았다.

배고픈 여우가 새를 바라보고 있자,
황소가 암소에게 말했다.
"여우는 자기가 영리한 줄 아는군.
새를 속일 수 있다고 생각하는 게지."
그러자 암소가 말했다.
"여우가 영리하긴 하지.
하지만 배가 너무 고파서, 새가 날 수 있고
위에서 씨앗을
쉽게 내려다볼 수 있다는 걸 잊었나 봐."
"무슨 말이야?" 황소가 말했다.
암소는,
"내 말은,
여우는 영리하지만 지혜는 없다는 말이야!"라고 답했다.

안장을 먹어치운 당나귀

새끼 염소, 솔새랑 당나귀가
목장 앞에서 이야기를 나누고 있었다.
갑자기 솔새가,
"얘들아, 수다 떠는 데 정신이 팔려
먹는 걸 깜빡했네!
미안하지만 너무 배고프다.
수풀에 가서 뭐라도 좀 먹어야겠어"라고 말했다.
"그러네." 새끼 염소도 말했다.
"숲에 가서
새싹이라도 좀 먹어야겠어."
풀 뜯으러 가기 너무 귀찮았던 당나귀는,
"그 먼 데까지 언제 가.
난 바닥에 깔린 지푸라기만 먹어도 충분해."
라며 외양간으로 들어가 보이는 대로 먹어치웠다.

날이 어두워지자 먼저 솔새가,
그리고 새끼 염소가 차례로 돌아왔다.
솔새는 "난 이제 졸려.
자러 갈게"라고 말한 뒤 둥지로 갔다.
새끼 염소도 건초 더미 위에 웅크리고 누웠다.
하지만 당나귀는 자신의 잠자리인 건초를 먹어버린
게으름의 대가로 편안한 잠을 잃었다.
불행히도 당나귀는 그날
선 채로 밤을 지새웠다.

고양이와 이집트몽구스

고양이는 배가 고파 죽을 지경이었다.
부엌으로 들어가 맛있는 건빵을 만들었다.
건빵 냄새가 채 퍼지기도 전에
몽구스가 방으로 들어왔다.
탁자 위에 놓인 커다란 건빵을 본
몽구스는 한입에 삼켰다.
그러고는 아무 말 없이 나가버렸다.
그날 밤 고양이는 굶주린 채 잠자리에 들었다.
다음 날 일찍 일어난 고양이는,
바로 숲으로 가
산딸기를 따 모았다.
아무에게도 들키지 않게,
조심조심 집으로 돌아갔다.
문단속을 단단히 한 후,
부엌으로 가 둥근 빵을 기막히게 만들었다.

따끈하게 구워진 둥근 빵이 담긴 쟁반을
탁자 위에 올려놓고,
채 맛을 보기 전에
몽구스가 잠긴 문을 부수고 들어왔다.
그러고는 큰 빵을 조각내어,
고양이가 보는 앞에서,
두 입에 먹어치우고는
왔던 길로 돌아 나갔다.
고양이는 너무 기막혔다. 배도 고프고 지쳐 있었다.
거의 굶어 죽을 지경이었다.
고양이가 남은 부스러기라도 먹으러 일어선 순간
어디선가 나타난 생쥐가,
부스러기를 쓸어 담듯 먹어치우고는 순식간에
눈앞에서 사라졌다.
고양이는 혼자 중얼거렸다.
"내가 건빵을 만들면
몽구스는 냄새를 맡고 와서 먹고 가고,
내가 둥근 빵을 만들면
몽구스가 문을 부수고 들어와,
그 큰 빵을 두 입에 먹어치우네.
내가 남은 부스러기라도 먹으려 하니
그것마저도 생쥐들이 먹어버리는구나.
나는 이렇게 배가 곯은 채로 잠이나 자는 신세구나.
이런 말이 있지.
음식은 아무에게도 보여주지 말고
냄새도 피우지 말고,
소리도 내지 말고 먹어야
불청객이 오지 않는다고!"

투덜이 하이에나

하이에나가 개의 집 앞에서
왔다 갔다 서성거리고 있었다.
하이에나는 배가 고파 잔뜩 신경질이 나 있었다.
개는 하이에나가 무엇을 원하는지 눈치챘다.
"빵 한 조각 줄까?"
"어디 줘봐!"
하이에나는 빵 한 조각을 베어물고,
몇 번 씹더니 빵을 내려놓았다.
"근데 빵에 소금기가 하나도 없잖아!"
이번에는 개가
"그럼 고기 한 점 줄게"라고 하자
고기를 맛보기도 전에 하이에나는,
"새끼 양고기라면 먹을 수 있어"라고 답했다.
그러자 개는
"너는 불평밖에 할 줄 모르는 동물이구나.

네게 은으로 만든 갑옷이 있더라도
왜 금이 아니냐고 불평을 했을 거야!
넌 항상 그런 식이지.
어떤 것에도 만족하지 않고
언제나, 걸핏하면……
불평할 어떤 이유를 찾을 거야"라고 말했다.

게와 친구

홍수에 강물이 넘쳐 게의 집이 물에 잠겼다.
게는 친한 친구 게의 집으로 향했다.
소란을 떨며 친구의 집에 들어가
친구에게 어떤 일을 당했는지 설명하더니,
"넌 나한테 신경 쓰지 마.
내 일은 내가 알아서 할게"라고 덧붙이고는,
곧장 친구네 부엌에 자리를 잡았다.
친구는 게의 의도가 무엇인지 알아차렸다.
"넌 스스로 집을 지을 줄 모르는
여우를 닮았구나.
여우도 너처럼 이웃집에 손님으로가 아니라
배를 채우러 간다더라.
미안하지만 더 이상 네게 줄 생선은 없어.
나한테 묻지도 않고 네가 이미 다 먹어치웠으니까."

게으른 물소와 들쥐

물소는 풀을 뜯으러 들로 나갔다.
조용히 풀을 뜯고 있는데,
작은 들쥐 한 마리가
밀밭과 쥐 굴 사이를
왕복하고 있었다.
물소는,
"정말 열심히 일하는 동물이구나.
차마 눈 뜨고 못 보겠네"라고 말하더니
다시 한가득 배를 채우기 시작했다.
들쥐는,
뺨 가득 밀알을 물고,
한 손 가득 씨앗을 든 채,
쉬지 않고 오가며,
쥐구멍으로 옮기고 있었다.

물소는 배를 잔뜩 채우곤,
풀밭에 누워
되새김질을 했다.
그 모습을 본 들쥐가
물소 앞에 서서 말하기를,
"배를 채우더니 이젠 소화시키는 중이구나.
네 수명은 길어질 거야, 그렇게 쉬고 있으니."
들쥐는 다시 밀밭으로 갔다.
돌아오는 길에 물속에 몸을 담근 물소를 보았다.
"이제는 더위를 식히는 중이구나.
등에 묻은 진흙 덕분에
파리도 쫓아낼 수 있겠네.
당연히 네 수명은
나보다 더 길어지겠지!"

당나귀와 들개

쏟아지는 비에 강이 범람해,
인근의 모든 것을
휩쓸어버렸다.
나무가 부러지고, 수많은 가축과 들짐승이
목숨을 잃었다.
강에 사는 생물들도
이 홍수 속에 목숨을 구할 수 없었다.
들개는 마지막 순간에
강에서 헤엄치는 당나귀의 등에 올라탔다.
당나귀와 함께
반대편 강둑으로 건너가려고 했다.
들개는 당나귀의 등에 꼭 달라붙었다.
당나귀는,
"거의 다 왔으니 걱정하지 마!
곧 반대편 강둑에 도착할 거야"라고 말했다.
들개가 "난 널 믿어"라고 말하자

당나귀는 "고마워"라고 답했다.
들개는 속으로 생각했다.
"이 홍수에서 목숨을 구하는 즉시
나도 너한테 고마워하며
맛있게 먹어줄게."

얻어야 할 교훈: 제 버릇 개 못 준다. 이 이야기는 '여우와 뱀' '전갈과 개구리' 우화와 매우 흡사하다. '여우와 뱀' 이야기는 페르테프 나일리 보라타브Pertev Naili Boratav가 펴낸 튀르키예 동화 모음집에 실려 있다. '전갈과 개구리'는 이솝 우화에는 포함되지 않았다. 세 편의 이야기 모두 교훈은 동일하다.

당나귀의 팔자

당나귀는 그저 서서,
멍하니 평원을 바라보고 있었다.
곧 떠나야 할 길의
지평선을 바라보며
얼마나 먼 길인지 가늠해보려고 애썼다.
주인은 부드럽게 당나귀의 코를 만지며
"자, 서두르자! 갈 길이 멀다.
오늘 할 일이 많아"라고 말했다.
그러고는 자루를 하나씩 하나씩,
당나귀 등에 싣기 시작했다.
주인은 자루를 끝도 없이
손에 잡히는 대로
당나귀 등에 올렸다.
당나귀는 먼저 자기 등 위의 자루에 시선을 던졌다.
그리고 바닥에 널린 포대들도 바라보았다.

당나귀는 갑자기 확 몸을 틀더니, 껑충껑충 뛰면서
등에 실린 자루를 내던졌다.
그러고는 뒤에 널린 포대들을
강한 뒷발질로 차내버렸다.
주인은 의아한 눈으로 당나귀를 바라보았지만,
왜 이러는지 알 수가 없었다.
당나귀가 주인에게 말했다.
"내 등의 짐을 던져버렸지만
이 세상의 모든 짐이
여전히 내 등 위에 있는 듯이 느껴져요."
당나귀의 말을 이해할 수 없는 주인은
이웃에게 이렇게 불평을 했다.
"솔직히 당나귀를 전혀 이해하지 못하겠어.
이런 심한 행동이나 반항은 당나귀의 팔자에는 없지.
당나귀는 그저 큰 소리로 히이잉 우는 것뿐인데.
그렇게 이미 하고 있잖아."

돼지와 새끼 양

테쉬리툼 산에서,
정원과 밭을 망치는
돼지를 잡아 도살하는 일은
농부들에게 중요한 일이었다.

어느 날 돼지와 새끼 양이,
우연히 정원에서 만나 이야기를 나누고 있었다.
새끼 양이 말했다.
"너는 도망쳐 달아날 수 있겠지만,
나는 오늘 잡아먹힐 거야."
그러자 돼지는,
"슬퍼하지 마, 새끼 양을 잡아먹는 자는
항상 새끼 양의 운명을
결정하는 자이니까"라고 말했다.

우울한 젖소

젖소는 이제 더 이상 우유가 나오지 않을 만큼
상당히 늙었다.
이젠 도살당할 일만 남았다는 생각에,
너무 무서워 어찌해야 할지 몰랐다.
이 들판 저 언덕을 헤매고 다니며,
풀도 먹지 않고 물도 마시지 않았다.
이런 젖소를 본 당나귀는
소에게 말했다.
"물도 마시고 풀도 먹어야지!
이 무자비한 세상에서는
들소가 네 대신 풀을 먹을 수 없고
사슴도 네 대신 물을 마시지 못한다는 걸 알아야지!
스스로 자신의 배를 채우는 게 좋을 거야.
언제 어디서 죽음이 찾아올지
아무도 알 수 없다는 걸, 명심해!
네게 허락된 그날까지
삶을 이어가야지.
그게 네 주인이 하시는 일 아니겠니?"

황소와 여우

여우는 손에 몽둥이를 들고,
누구 하나 걸리기만 하라며,
여기저기를 휘젓고 다녔다.
그러다 혼자 있는 황소 한 마리가 눈에 들어왔다.
여우는 아무것도 모른 채 풀을 뜯고 있는
황소의 주위를 뱅뱅 돌기 시작했다.
여우의 행동이 눈에 거슬린 소는
뿔을 기울여 여우를 치려고 했다.
여우가 이빨을 드러내며 으르렁거렸다.
소는 여우가 먼저 움직이기를 기다리고 있었다.
여우는 속으로
"덫을 놓아
소를 걸려들게 만들었어.
한데 이제는 내 무릎이
덜덜 떨리는구나."
왜냐하면 황소는 가축이었고
소의 목에는 이를 증명하는
건드릴 수 없는 목줄이 달려 있었다.

여우 사령관과 떠돌이 개

들판을 걷던 여우가
떠돌이 개 몇 마리를 보았다.
여우는 개들 곁으로 다가가 말했다.
"나는 자랑스러운 전사이자 사령관이다."
"그래서, 어쩌라고?" 개의 우두머리가 응수했다.
여우는,
"우루크를 점령하자!
자, 너희도 나와 함께 가자.
우루크에 가서 도시를 뒤엎어
잘근잘근 씹어주자"라고 말했다.
"좋아!" 개들이 호응했다.
여우가 앞장서고, 개들은 그 뒤를 따라
우루크에 다다랐다.
개들은,
"사령관님, 저희는 전투할 준비가 되었습니다!"라고 외쳤다.
그러자 여우는 갑자기
"저, 이보게들, 정말 미안하네.
난 당장 집으로 돌아가야겠네.
아내가 나를 찾는다는군"이라며,
뒤도 돌아보지 않고 내뺐다.

분수를 모르는 개

개와 여우가 이야기를 나누며
숲속을 거닐고 있는데
갑자기 사자가 튀어나왔다.
개는 사자를 향해 짖기 시작했다.
사자는 앞발을 휘둘러
개를 바닥에 내동댕이쳤다.
이를 본 여우는
즉시 바닥에 엎드리고는
두려움에 덜덜 떨었다.
사자는 여우를 향해 미소를 짓더니
머리를 쓰다듬고는 그냥 지나갔다.
개가 여우에게 물었다.
"난 용감하게 짖었는데 사자가 나를 치더라."

여우가 답하기를,
"그래, 나도 봤어, 널 쳤지!"
"넌 사자 앞에 고개를 숙였는데
네게 미소를 짓더라고"라는 개의 말에
"유연하게 행동해야지. 온 힘을 다해 짖어!
한데 언제 어디서,
누구에게 짖어야 하는지 알고 짖어야지!
사자가 오늘은 밀치기만 했지만,
내일은 어떻게 할지
아무도 모른다"고 여우는 충고했다.

엉뚱한 데 화풀이하기

숫양은 매일 목초지와 외양간 사이를
왔다 갔다 하는 일이 지겨워졌다.
양은 양치기에게 다가가 뿔로 들이받았다!
양치기는,
"야, 내가 뭘 어쨌다고!
네게 화를 내거나 소리를 지르지도 않았고,
몽둥이를 휘두른 적도 없는데.
왜 아무 이유 없이 한번씩 나를 들이받고
도망가는 거야?"라고 물었다.
양은 아무런 응답도 하지 않은 채
뒤로 물러났다가 다시 양치기를 들이받았다.
이번에는 양치기가 숫양의 뿔을 잡아,
바닥에 넘어뜨렸다.
"네가 뿔로 들이받은 상대가,
누군지는 알고 이러는 거야?"
숫양은 일어나

무리 곁으로 걸음을 옮겼다.
양치기는 숫양을 향해 소리쳤다.
"넌 화가 난 상대가 아니라
나한테 화풀이하는 거야?"
숫양은 무리 사이로 사라졌다.
양치기는 숫양이 사라진 후 자문했다.
"우리 인간도 저 숫양과 같지 않을까?
화가 난 상대에게 직접 말하지 못하고
항상 자신보다 약한 사람한테나
아니면 자신에게 호의를 베푸는
사랑하는 사람에게 대신 화풀이를 하지 않는가 말야?"

말과 주인

말은 아주 뚱뚱하고,
잔인하며 끊임없이 자신을 모욕하는
맘이 고약한 주인을 등에 태우고 다녔다.
말은 예전만큼 젊지 않았다.
게다가 주인의 몸무게는
나날이 증가하고 있었다.
그는 매일 주인과 함께
우루크를 오가는 일이 힘에 부쳤다.
밤에는 허리 통증으로
아침까지 잠을 이룰 수 없었다.
주인은 그런 사실조차 몰랐다.
언젠가, 말이 사라지고 없는 날…….
그제야 이 모든 것을 알게 될 테지만 그때는 이미 늦을 터였다.
그날 역시 도시에서 돌아오는 길이었다.

자신의 몸무게만으로는 부족하다는 듯
주인은 물건을 두 자루나 샀다.
피곤한 걸음으로 돌아오던 길에
늘 그랬듯 주인은 노래를 부르며
온 들을 소음으로 가득 채웠다.
마을에 도착하자
집 앞에 있는
드럼통을 향해 말을 몰더니
두 발로 말의 옆구리를 차며
말 등에서 연신 움직이면서
드럼통을 뛰어넘으려 했다.
말은 통 앞에 다다르자 앞발을 들어 올려…….
마치 주인을 빈 자루처럼 내팽개쳐 버리고는
주인을 향해 말했다.
"내가 질 짐이 항상 이렇게 무겁다면
장애물을 뛰어넘는 건 고사하고
내 종말이 가까워졌다는 뜻이오.
이제 결정을 하시오.
내 위에 짐을 싣든지 아니면 당신의 뚱뚱한 몸을 싣든지."

부유한 숫양

길 잃은 개 한 마리가
부유한 숫양의 집에 갔다.
"너무 배고파요. 제발 제게
먹을 것 좀 주시겠어요?" 개는 애원했다.
부유한 숫양은 애원에도 전혀 신경 쓰지 않고
등을 돌렸다.
개가 "제발요, 너무 배고파요"라며
같은 말을 몇 번 더 반복하자
숫양은 다시 돌아와,
화를 내며 단호한 태도로 말했다.
"내가 집 앞을 지나는
길 잃은 모든 개에게 무언가를 주면,
집에서 기르는 개들은 어떻게 먹일 수 있는지 말해줄래?"
개는 아무 말도 하지 못하고

조용히 뒤돌아 떠났다.
맞은편 개집에서 자고 있다가
그들의 대화를 들은 개가
숫양에게 달려왔다.
먹을 것을 좀 달라고 부탁했다.
부유한 숫양이 이번에는
"너처럼 주인 있는 개에게 먹이를 준다면
주인 없는 길 잃은 개한테
어떻게 먹이를 줄 수 있겠니?
이제 가서 네 주인에게 먹이를 달라고 해!"
개는 개집으로 돌아가
멍멍 짖으며 이렇게 말했다.
"당신은 굶주린 개에게도 배부른 개에게도 먹이를 주지 않는군.
당신의 재물이 그냥 쌓인 게 아닌 거야.
그런데 당신이 배를 곯게 되면 어떻게 할까?"

얻어야 할 교훈: 베풀 줄 아는 마음이 없는 사람은 수많은 변명거리를 찾는다.

가난한 당나귀와 부유한 숫양

부유한 숫양이 마구간에서 나와
문 앞에 서 있는 당나귀에게 다가가 말했다.
"넌 나에게 버터와 빵을 빚지고 있지."
이 말을 들은 당나귀는 속으로 생각했다.
"가난한 이들은 빚을 갚기 위해
때로는 입안의 한 술도 빼앗길 때가 있지."
숫양은 마구간으로 돌아가 문을 닫았다.
당나귀는 문밖에 남겨졌고 비가 내리기 시작했다.
당나귀는
"숫양이 당나귀를 헛간에서 몰아내
폭풍우 가운데 남겨졌구나"라며
계속 말을 이어갔다.
"수메르에서 가난한 사람들은 침묵하는 켕게르족이지.
가난은 곳곳에 널렸지만, 부자가 되기는 매우 어려운 법이지."

숫양과 새끼 염소

어느 날 새끼 염소가 부자인 숫양을 만나러 갔다.
숫양은 건초 위에 누워 쉬고 있었다.
염소는 "이리 와 같이 산책하러 가자!
들로, 바위 절벽과 평원으로 함께 놀러 가자"고 말했다.
"난 못 가!" 부유한 숫양이 대답했다.
염소는 사정했다.
"제발 같이 가자, 바람 좀 쐬고 오자."
"안 돼!" 숫양이 말했다.
염소가 몇 번 더 사정해봤지만 소용없었다.
숫양은 "안 돼"라는 말 외에는 다른 말을 할 줄 몰랐다.
"어서, 분위기 망치지 말고!" 염소가 말했다.
숫양은 도통 일어날 생각이 없었다.
염소는 몹시 화가 났다. "나를 고집불통이라고 하는데,
진짜 고집불통이 누구인지 한번 보라고 해."
"마지막 부탁이야." 새끼 염소가 말했다.

"안~~~~간~~~~다~~~~고!" 숫양은 소리쳤다.
새끼 염소는 매우 화가 나
"그래, 절대 일어나지 마, 이 암탉아.
(일어나면) 알이 식어서
병아리로 부화시킬 수 없나 보지!"
그렇게 새끼 염소는 휙 떠나버렸다.

여우의 호수

여우는 오줌이 마려워 터질 것 같았다.
곧장 호숫가로 달려가
아무도 보지 않게 숨어 오줌을 쌌다.
여우가 급하게 달려가는 모습을 본 여우의 친구들,
솔새, 당나귀, 들쥐, 돼지는
무슨 일인가 싶어
여우의 뒤를 쫓아갔다.
이를 전혀 몰랐던 여우는,
볼일을 마치고 돌아섰는데
눈앞의 친구들을 보고는
깜짝 놀랐다.
처음에는 무슨 말을 해야 할지 몰랐다.
잠시 후 여우는 뒤에 있는 호수를 가리키며
"애들아, 이 호수는 내 오줌이야"라고 말했다.

얻어야 할 교훈: 사람이 긴박한 상황에 부닥치면 말도 안 되는 거짓말을 한다.

황소와 암소 남매

오빠 황소와 여동생 암소는 사이가 좋지 않았다.
늘 다투고 싸우기만 해서
함께 지낼 수 없을 지경이었다.
결국 오빠 황소는
"난 에리두로 가서 살 거야"라며
작별 인사를 하고 떠나, 남매는 헤어졌다.
황소는 가는 길에 개와 마주쳤다.
이런 얘기 저런 얘기를 나누다가
"난 농장을 하려고 이곳에 왔어요"라는 황소의 말에,
개는 "그럼 우리 둘이 함께 농장을 만듭시다.
둘이 함께하면 뭐든지
더 쉬울 겁니다"라고 제안했다.
황소는 개의 제안을 받아들였다.
다음 날 둘은 밭을 갈기 시작했다.

황소가 쟁기로 밭을 가는 동안
개는 씨앗을 심을 구덩이를
엉망으로 만들었다.
한두 번도 아니고 멈출 줄 모르는 개를 향해
"그만해!" 소는 결국 참지 못하고 소리쳤다.
"난 그만둘래. 너랑 동업은 불가능해.
자, 밭과 쟁기는 너 가져!"
그렇게 황소는 집으로 돌아갔다.
그리웠던 여동생을 만나자 안으며 말했다.
"이제야 알겠어.
우정은 하루를 가지만,
형제간의 우애는 영원하다는걸."

푸줏간 주인과 살찐 돼지

돼지 한 마리가
푸줏간에 끌려왔다.
돼지는 정육점 주인을 보자마자
자신에게 벌어질 일이 무엇인지 알아챘다.
공포에 사로잡힌 돼지는
몸을 이리저리 뒤채며
목에 감긴 밧줄에서 벗어나려고 애썼다.
하지만 밧줄의 한쪽은 푸줏간 점원이 붙잡고 있었고
다른 한쪽은 주인이 붙들고 있었다.
돼지는 별도리가 없었고
한 발짝도 움직이기 어려웠다.
이제 끝났다는 생각이 들었다.
오직 할 수 있는 거라곤 소리 지르는 것뿐이었다.
그래서 돼지는
처절하게 비명을 질렀다.

마치 누군가 달려와 도와줄 것처럼
쉬지 않고 소리를 질러댔다.
정육점 주인은 손에 든 칼을 등 뒤로 숨긴 채
돼지에게 천천히 다가갔다.
"이제 그만하지!
네 할아버지와 아버지도
사냥꾼에게 잡혀가거나 내 손에 들어왔거나 둘 중 하나였어.
너도 같은 운명인 거야.
소리 질러봤자, 바뀌는 건 아무것도 없다는 말이지.

이젠 깨달아야지, 이게 인생의 법칙이란 걸.
두려움이 다가올 해악을 막을 수는 없다는 걸 말이야!"

집 없는 오록스

오록스 한 마리가 가축 소들이 사는 외양간에 다가와,
건드리기만 해도 무너질 듯한 허술한 벽을
뿔로 들이받기 시작했다.
외양간 안에 있던 소 한 마리가 고함을 질렀다.
"우리한테나 너 자신에게 뭘 보여줄 수 있길래
낡은 외양간 벽을 부서뜨리는 거야?"
오록스는 아무런 대답도 하지 않은 채
그 커다란 머리와 뿔로
계속 벽을 깨부쉈다.
"아하, 알겠다.
넌 넘어진 자를 한 번 더 차버리는
거칠고 잔인한

보스프리미게니우스*와 다를 바 없구나." 소는 덧붙였다.
그러자 오록스는 뿔로 마지막 타격을 가해
벽을 허물어뜨리고는 사라졌다.
소는 오록스의 뒤에 대고 소리쳤다.
"봐, 내 말이 맞잖아. 넌 그런 들소야.
수메르에 이런 말이 있지…….
'보금자리를 파괴하는 자에게는 보금자리가 없다'고 말이야."

* *Bosprimigenius*, 멸종된 소의 일종. —원주

말과 노새

순수 혈통의 고귀한 말이
노새와 함께
수레에 매인 채로 달리고 있었다.
말은 "히이이잉! 말도 안 돼.
나는 고귀한 혈통이야.
당나귀 아버지에 어머니는 말인 노새 옆에서
수레를 끌 수는 없어."
그러고는 돌아서더니 옆에 있는 노새에게
"게다가 이 갈대와 짚더미 사이에서
내가 뭘 하는 거냐고?"라고 물었다.
노새가 말에게 말하기를,
"넌 엔릴 신께 감사해야 해!"
말은 넋 나간 눈빛으로 노새를 바라보며
"왜?"라고 물었다.

노새는
"생각해봐, 만약 네가 왕의 마차를 끄는
말이었다면 어떻게 됐을지?
의장대 군인들처럼 규칙에 따라 걸으며
잘난 척하는
말들 사이에서
하루를 어떻게 보내겠어?
봐, 지금은 네 마음대로 달리고,
원하는 대로 걷잖아.
게다가 네가 경멸하는 노새 옆에서
네 마음껏 마차를 끌고 있다는 걸 모르겠어?
채찍질도 전혀 없이 말이야"라고 답했다.
말은 앞으로 돌아서더니 말없이 마차를 끌었다.

서커스단의 잡종 개

서커스단에서 공연하는 개가 강아지 세 마리를 낳았다.
새끼들은 아직 눈도 못 뜬 채로
기다란 귀에 털도 듬성듬성했으며
털 색깔도 각자 달랐다.
"이건 유전이 틀림없어." 서커스단 개가 말했다.
잡종 개가 무슨 말을 하려던 찰나
서커스단 개가 말을 이어갔다.
"이놈들은 절대 관심을 끌지 못할 거야.
관객들의 칭찬도 못 받겠지.
내가 이런 새끼들을 낳다니
정말 속상하다, 속상해."
잡종 개도 세 마리의 새끼가 있었다.
세 마리 중 누구도 서로 닮지 않았고
심지어 꽤 못생겼다.
잡종 개는 공연하는 개에게 말했다.

"내 새끼들을 봐,
애들도 서로 다르잖아.
심지어 나랑도 전혀 안 닮았어.
다리가 길든 짧든
색깔이 어떻든, 눈, 귀,
꼬리가 어떻게 생겼든지 간에
애들은 여전히 내 강아지들이야.
나는 세상 무엇보다도 내 새끼들을 사랑해.
새끼들이 얼마나 귀한지 모르는
너는 부끄러운 줄 알아야 해."

무자비한 들개

개 한 마리가 높은 곳에 올라가
쉬면서
주위를 둘러보고 있었다.
멀지 않은 곳에 사슴 한 마리가
조심스러운 발걸음으로
가지에 달린 새싹을 향해
소리 없이, 겁을 내며 불안한 걸음을 떼고 있었다.
사슴은 나무에 다다르자
잠시 주위를 한번 둘러보더니
나뭇잎을 향해
앞발을 들고 몸을 세웠다.
갓 나온 새싹을 먹으려던 순간,
개가 자리에서 벌떡 일어나 껑충 뛰어내려
사슴을 쫓기 시작했다.

들개가 얼마나 사납게 짖어대는지
사슴은 겁에 질려 정신을 잃을 지경이었지만
순식간에 도망쳐 사라져버렸다.
개는 있던 자리로 되돌아오다
초원에서 풀을 뜯고 있는 암소를 발견했다.
암소는 풀을 뜯는 데만 집중해
아무것도 보지도
듣지도 못한 채
우유를 만들 배를 채우느라 여념이 없었다.
개가 사슴을 쫓으며
짖어대던 소리조차 듣지 못한 게 분명했다.
이런 소의 무심한 태도가
개의 신경을 건드렸다.
개는 소의 코밑으로 다가가 소의 얼굴을 향해 짖기 시작했다.
하지만 소는 여전히 무관심했다.
개는 몇 번 더 짖어댔지만
결국엔 화가 더 나서 펄쩍 뛰어올라
발로 소의 발굽을 후려쳤다.
소는 너무 아파
울부짖으며 그 자리를 피해 달아났다.
개는 자신보다 덩치가 훨씬 큰 동물을
겁주고 달아나게 만든 자신이
너무나 자랑스러워서
마치 전쟁에서 승리한 군인마냥
의기양양하게 돌아가던 중에
눈앞을 지나는 거대한 코끼리를 보지 못했다.
평야를 울리는 코끼리의 울음소리에 개는 정신이 들었다.

이번에도 바로 짖어대며 코끼리 앞으로 달려갔다.
코끼리는 멈춰서 자신을 향해 짖고 있는 개를 바라보더니
긴 코로 개를 들어 올려
땅에 내동댕이쳤다.
개가 일어날 기회도 주지 않고
코끼리는 개를 밟고 지나갔다.
불쌍한 개는
마지막 숨을 앞두고
"켕게르족의 속담이
딱 맞는구나"라며 힘없이 말했다.
"무자비한 들개들은 모두
언젠가는 다른 무자비한 동물의 손에
죽는다."*

* 사슴이 도망치며 한 말: "넌 날 못 잡지. 나는 목숨을 걸고 달렸고, 넌 네 주인을 위해 달렸기 때문이지." (수메르 속담)
—원주

광대 원숭이님

엔키 신의 비옥한 도시 에리두는
수메르의 남쪽,
큰 호수에 부두가 있는 부유한 항구도시였다.
에리두 역시 모든 항구도시가 그렇듯이 수많은 사람이 오가며
먼 나라와 다른 도시에서 온 상인들이
거래하는 큰 시장이 있는 상업도시였다.
이 도시는 여관, 목욕탕과 함께
음악 공연으로도 유명했다.
광대 원숭이는,
한 음악당의 마스코트였는데
공연장의 뒤편 쓰레기장에서 살며,
먹을 만한 것을 주워 먹으며 배를 채웠다.
원숭이는 희망도 없고, 이 상황에 너무 지쳐 괴로웠다.
어느 날 어머니 루살루사에게 편지를 썼다.
편지에는 이렇게 적혀 있었다.

137

"지금까지 빵 한 조각도,
보리 물도 맛본 적이 없어요.
저는 쓰레기 더미에서 살고 있어요.
사람들이 음악당에서 웃고 즐기는 동안
저는 쓰레기 더미에서 배를 채우려고 안간힘을 씁니다.
부자들은 가난한 사람들을 바라보기만 해요.
그 사람들의 마음은 돌로 만들어졌나 봅니다.
전 에리두에 포로로 잡힌 원숭이예요.
루살루사* 어머니,
부디 하루빨리 제게 전령을 보내주세요."

* '남의 흉내를 내는 사람'이라는 의미.

아카드 출신 당나귀

아카드 출신 당나귀 두 마리가 소문으로 수없이 듣던
도시 에리두를 향해 떠났다.
하지만 수메르 땅에 들어서자마자
둘은 길을 잃었다.
당나귀 둘은 가장 친한 친구였지만,
성격이 서로 너무 달랐다.
한 마리는 순수하고 선량했지만,
다른 한 마리는 아주 약삭빠르고 사악했다.
길을 가던 중 두 당나귀는 여우를 만났다.
착한 당나귀가 여우에게 물었다.
"여우 형제,
도시 에리두로 가려면 어디로 가야 합니까?"
여우는 한껏 상냥한 태도로 길을 알려줬다.
그러고는,
"저도 그곳으로 가는 중이랍니다.

원하신다면 제가 모셔다 드릴게요"라고 말했다.

당나귀들이 서로 바라보고만 있자,

여우는 대답을 기다리지 않고 말했다.

"전 지금 너무 피곤해요.

온종일 쉬지 않고 걸었거든요.

여기서 잠시 쉬었다가 출발하려고 해요.

저를 기다리셔도 되고 원하시면 먼저 가셔도 돼요.

제가 곧 뒤따를게요."

당나귀들은 여우의 말대로 먼저 출발했다.

여우가 말해준 곳을 지나 큰 언덕으로 올라갔고

마침내 그들은 평지에 도착했다.

하지만 언덕을 내려오자

도시 에리두가 아니라

큰 절벽을 마주하게 되었다.

만약 조심하지 않았다면,

가파른 바위 아래로 굴러

절벽 밑으로 떨어질 뻔했다.

약삭빠른 당나귀는 여우의 속임수를 재빨리 알아챘다.

당나귀는 구석에 숨어, 조용히

여우를 기다리자고 친구에게 제안했다.

둘은 그렇게 숨어 있었다. 얼마 지나지 않아,

입이 귀밑에 걸린 여우가 나타났다.

절벽에서 당나귀들이 보이지 않자,

여우는 기뻐서 어쩔 줄 몰랐다.

여우는 가져온 자루를 내려놓고

절벽 가장자리로 달려갔다.

"이제 아래로 내려가 당나귀들 짐을 챙기는 일만 남았네."

절벽에서 아래를 내려다본 여우는, 당나귀들이 보이지 않자
"오, 위대한 엔릴 신이시여, 말씀해주소서.
이 멍청한 놈들은 어디로 간 거죠?" 여우는 소리쳤다.
약삭빠른 당나귀가 조용히 여우의 뒤로 다가갔다.
"아무 데도 가지 않았단다, 이 교활한 여우야.
봐, 네 뒤에서 너를 기다리고 있었지."
여우는 즉시 뒤를 돌아보았다.
여우가 돌아서자마자 선량한 당나귀는 뒷발질로
여우의 얼굴을 후려쳤다.
여우는 바닥에 대자로 뻗었다.
약삭빠른 당나귀는 여우의 자루를 가져다가 자신의 등에 올렸다.
그러고는 여우에게 말했다.
"사기꾼이나 거짓말쟁이들을 보면 감탄하곤 해.
너 같은 동물을 보면 나는 항상,
'사냥하러 가서 사냥당한다'라는 말이 떠올라.
이제부터는 너도 그 말이 떠오를 것 같은데!"
여우가 여전히 바닥에 쓰러져 있는 동안,
아카드 출신 당나귀들은 이미 한참 멀어졌다.
순진한 당나귀가 앞장서 가는 친구에게,
"넌 마치 길을 알고 가는 것 같구나"라고 말하자
친구는 웃으며 말했다.
"그런 말 몰라?
'묻고 물어서 가다 보면 에리두를 찾을 수 있다'*는 말."

* sora sora bagdad'i bulurmus, 튀르키예 속담.

142

뒤주와 들쥐

어느 날 들쥐 한 마리가,
창고에 있는 곡물을 담아둔 뒤주의 귀퉁이에 난
작은 구멍을 통해 안으로 들어갔다.
얼마나 굶주렸던지 들쥐는 단숨에
거의 한 양동이의 밀을 삼켰다.
그런 후에도 뺨에 한가득
밀알을 채워 넣었다.
이젠 가능한 한 빨리 집으로 돌아가려고,
자신이 들어왔던 작은 구멍으로 다가가
머리를 밀어 넣어 빠져나오려고 했다.
하지만 쥐는 나올 수 없었다.
뺨이 부풀어 올라,
머리가 밖으로 빠져나가지 않았다.
쥐는 입에 물고 있던 밀을 뱉고,
다시 시도해보았다. 그러자 머리가 구멍 밖으로 빠져나갔다.

하지만 이번에는 몸통을 빼낼 수 없었다.
들쥐는 다시 한번 빠져나가려고 애를 썼다.
그때, 문밖에서 자신을 기다리는
천적, 족제비를 본 순간,
겁에 질려 심장이 멎을 것 같았다.
쥐는 즉시 구멍 뒤로 물러났다.
몸이 벌벌 떨렸다.
밖에서는 족제비가 쥐에게 소리쳤다.
"헛수고하지 마.
네가 들어갈 때처럼 가늘어지기 전에는,
그 구멍에서 절대 빠져나오지 못할 테니까.
그 안에 있는 게 다행일지도.
너의 신 니킬림*에게 기도해.
난 네가 그 뒤주에서 나오기를 기다리며
며칠이나 여기서 기다릴 순 없어.
하지만 결국에 넌 집주인이 아니면,
고양이나 개에게 잡힐 수도 있단다."
족제비는 그 자리를 떠났다.

* Nikilim, 수메르에서 들쥐의 신을 말함. —원주

도시에 온 오록스 두 마리

오록스 두 마리가 있는 재산, 없는 재산을
모두 자루에 담아
도시 우르로 여행을 떠났다.
새로운 도시에 간다는 설렘으로,
천천히 걸으며 주변을 둘러보던 오록스들은
갑자기 개 떼의 공격을 받았다.
결국, 싸움이 벌어졌고,
군인들이 달려와
오록스와 개를 모두 체포해
곧장 여우 판사 앞으로 데려갔다.
오록스들은 개들이
자신들의 전 재산을 빼앗은 강도라고 주장했다.
여우 판사는 오록스의 말을 전혀 믿지 않았다.
"도시를 어지럽히고 문제를 일으키는 건 너희들이야.
너희는 떠돌이 부랑자들일 뿐이야"라고 말했다.

여우 판사는 두 마리 오록스가
어떤 말을 해도 믿으려 들지 않았고
"쓸데없는 말로 본인들 입만 아프게 만들 뿐이야.
난 너희 같은 자들을 잘 알아.
너희가 아무 짓도 하지 않는 한,
도시의 개들은 너희건
다른 동물이건 공격하는 일은 없어"라고 말했다.
그런 다음 여우는 오록스를 가까이 불렀다.
조용히 오록스 두 마리의 귀에 대고,
"벌금을 낸다면
이 도시에 머물도록
허가해주지"라고 속삭였다.
오록스들은 개들이 전 재산을 훔쳐가서
여우에게 낼
돈이 없다고 항변했다.
이에 여우 판사는 몹시 화를 내며
즉시 군인들을 불렀고,
"이 무일푼의 부랑자 둘을
당장 도시 밖으로 내쫓아라!
다시는 돌아오지 못하도록 단단히 처리해!
만약 저들이 돌아온다면,
이번엔 놈들과 함께
너희들도 감옥에 처넣을 거야. 명심해!"라고 으름장을 놓았다.
병사들의 감시를 받으며
두 마리 오록스는
도시에서 쫓겨났다.
오록스 중 한 마리가 말했다.
"이런 곳이 국가일 리 없어!"

"맞아!" 다른 하나가 말했다.
"여기는 여우와 개가 지배하는 곳이야."
"충분히 알겠어.
하지만 이 교훈을 얻은 대가가 너무 컸어."
그러고는 뒤도 돌아보지 않고
우르를 떠났다.

구걸하는 개

개는 배도 고프고 목이 말랐다.
집집마다 다니며
먹을 수 있는 빵 한 조각을 찾아 떠돌았다.
며칠 동안 아무것도 먹지 못한 태가
얼굴에 역력했다.
그는 한 집 앞에서 멈춰서
문지방에 걸터앉은 한 남자를
애원하는 눈빛으로 바라보았다.
남자는 일어나 개 앞으로 다가오더니
마치 개가 자신의 말을 알아듣기라도 하듯이,
"개는 주인도 집도 못 알아보는 동물이지.
그래서 나는 개가 싫어. 당장 여기서 나가!"라며,
개의 코앞에서 문을 쾅 닫고 안으로 들어갔다.
조금 더 가자 앞쪽에서 한 여자가,

문 앞을 쓸고 있었다.

개는 조용히 여자에게 다가갔다.

여자는 겁에 질려,

들고 있던 빗자루를 집어 던지고 안으로 들어갔다.

그러고는 문틈으로 개를 바라보며 말했다.

"개는 절대 믿을 수 없어!"

무력해진 개는 마지막 희망을 품고,

다른 집 문으로 향했다.

개는 길모퉁이 돌 위에 앉아 있는

한 노파를 발견했다.

오가는 사람들에게 농을 걸던 노파는,

혼잣말하고 있다가

개를 보자 돌을 집어 들었다.

그러고는 "가까이 오지 마!"라고 소리를 질렀다.

개는 잠시 멈칫대다 건너편으로 넘어갔다…….

개가 겁에 질린 눈으로 바라보자,

노파는 개를 향해 소리쳤다.

"겁 없고 용감한 모습을 보여줘봐.

그러면 집에 데려다 키울 테니."

개는 골목에서 나와 강가로 가서,

눈앞에 흐르는 강물을 바라보며 혼잣말을 했다.

"진심으로 하는 말인데,

나도 사람만큼이나

믿을 수 있고 선량하답니다."

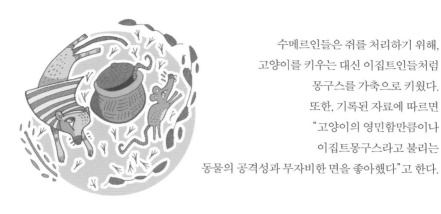

수메르인들은 쥐를 처리하기 위해,
고양이를 키우는 대신 이집트인들처럼
몽구스를 가축으로 키웠다.
또한, 기록된 자료에 따르면
"고양이의 영민함만큼이나
이집트몽구스라고 불리는
동물의 공격성과 무자비한 면을 좋아했다"고 한다.

이집트몽구스와 생쥐

가축이 된 몽구스는
집에서 잡은
모든 곤충과 해충, 쥐까지
궤짝에 집어넣곤 했다.
궤짝이 가득 차면 집주인은
몽구스가 잡아놓은 벌레들을 내다 버렸다.
어느 날, 몽구스는
호기심에 "이젠 가득 찼으려나?" 궁금해하며
궤짝을 열어 안을 들여다봤다.
그런데 이게 무슨 상황인가?
생쥐가 갉아서 낸 구멍으로
모두 도망가고 궤짝에는 아무것도 없는 것이 아닌가?
몽구스는 미칠 지경이었다.
얼마나 화가 나던지 몽구스는
궤짝을 바닥에 내동댕이치고는

자신에게 소리를 질렀다.
"이 멍청한 몽구스야,
봐라! 부, 재산이란 이런 거야.
한 무더기 밀알 같은 거지.
생쥐 한 마리가 궤짝에 들어가
낸 구멍으로
네 수고는 눈 깜짝할 사이에 사라져버리는 거야.
네게는 분노만 남게 되는 거지, 이렇게!"

만족할 줄 모르는 개

떠돌이 개는 주린 배를 좀 채우려고
사람과 함께 사는 집개를 찾아갔다.
"먹을 것 좀 줘.
이틀 동안 아무것도 먹지 못해서 배가 너무 고파."
집개는 떠돌이 개에게 뼈다귀를 내주었다.
떠돌이 개는 물었다.
"이걸로 배를 채우라고?"
"미안하지만,
난 이런 걸 먹어." 집개가 대답했다.
"이러면 내가 미안해지는데,
이제 내가 어디로 갈 거냐면……
이것보다는 천 배는 더 맛있는 게 있는 곳이지"라며
떠돌이 개는
거드름을 피우면서

뒤도 돌아보지 않고 떠났다.
떠나는 떠돌이 개를 보며 집개가 말했다.
"이걸 빨리 배우는 게 좋을 거야.
예고 없이 찾아오는 손님은 언제나,
기대하던 것이 아니라 주는 대로 먹는 거란 걸 말이야."

자신의 뿌리를 모르는 노새

한 남자가 말과 노새를 마차에 매고 있었다.
남자는 먼저 말을 맨 뒤 마구를 묶었다.
그런 다음 노새를 마차 쪽으로 끌어당겨,
노새의 입에 고삐를 채웠다.
남자는 마구를 묶으면서,
"노새야, 말 좀 해봐.
네 아비나 어미가 널 알아는 보니?"라고 물었다.
노새는 "모르겠어요"라고 말하려는 듯이
천천히 고개를 저었다.
"난 어머니도 아버지가 누군지도 모르는걸요……."
노새는 잠시 머뭇거리다가,
"내가 기억하는 것이라곤 오랫동안 당신과 함께였다는 사실이에요.
당신이 하라는 대로 하잖아요.
일어나라고 하면 일어나고
누워 자라고 하면 자죠.

먹이를 주면, 먹고……

물을 주면 마시죠.

마차를 끌고, 짐을 나르고, 지치지 않고 일하잖아요.

이젠 당신이 말해주세요. 누가 저를 알아줄까요?"

남자는 한동안 입을 떼지 못했다.

노새에게 아무 말도 할 수 없었다.

침묵을 지키던 남자가 입을 뗐다.

"믿어줘, 나도 네 엄마 아빠를 잘 몰라.

하지만 한 가지 아는 게 있단다.

조용하고 유순하면서 친절하고

지칠 줄 모르는 면에서는 네 엄마를,

강하고 고집 센 반항적인 성격은

네 아빠를 닮았어.

눈은 아빠를, 귀는 엄마를 닮았어…….

가끔은 엄마처럼 서서 자기도 하고

가끔은 아빠처럼 누워서 자기도 하지.

이제 말해봐.

네가 누구를 닮았는지 알겠니?"

"이젠 알겠어요." 노새가 답했다.

"그래서 제가 항상 엄마처럼 노래를 시작하곤

아빠처럼 당나귀 울음소리로 끝내는 거군요.

이제야 제 뿌리를 알겠어요.

하지만 그렇다 해도 여전히

이 세상에서 제가 아는 사람은 당신뿐이에요."

159

함정에 빠진 사자와 여우

사자는 여우에게 몹시 화가 났다.
여우의 비웃는 듯 오만한 태도,
사자가 노리는 사냥감을 놀라게 만들어
사슴도 돼지도 도망치게 하는 데다
강아지가 낑낑대는 듯한 목소리까지
사자의 신경을 건드렸다.
하지만 이런 사자의 분노에는 아랑곳없이,
숲속의 동물들은
사자에게 저항이라도 하듯 여우를 좋아하고
사자한테서 여우를 지키기 위해
나름대로 최선을 다했다.
사실 사자가 여우를 사냥하는 모습을 본 적은 없었다.
그렇다 해도 여우를 잡으면
본때를 보여주기로 마음먹었다.
어느 날, 사자가 덤불 속에서 잠들어 있을 때
여우는 나무 뒤에 숨어,

나뭇가지에 앉은 새가 씨앗을 먹으러
땅으로 내려오기를 기다리고 있었다.
그 순간 여우의 눈에
밧줄과 화살을 들고
덤불 숲으로 다가오고 있는 켕게르족 사냥꾼들이 보였다.
사자를 잡으러 오는 것이 분명했다.
다른 동물을 잡을 때 그랬던 것처럼
먼저 구덩이를 파고, 그 위를 나뭇가지로 덮고
며칠 후 다시 돌아와
누가 덫에 빠졌는지 확인할 것이었다.
구덩이에 아무것도 없으면,
가장 먼저 눈에 띈 사냥감을 쫓아가 덫에 빠뜨릴 것이다.
만약 사냥감이 도망치면,
사냥꾼들은 화살을 쏘아 잡을 거였다.
여우는 사냥꾼들을 잘 알고 있었다.
실제로 모든 일이 여우가 예상한 그대로 벌어졌다.
사냥꾼들은 덫을 놓고 떠났다.
다음 날 아침 여우는,
해가 뜨기 전에 구덩이로 갔다.
그리고 입으로 덫을 숨긴 나뭇가지를
하나씩 하나씩 걷어내기 시작했다.
숲의 모든 동물이,
여우 주위에 모여 여우를 지켜봤다.
한편 사자는 무슨 일이 일어나고 있는지 전혀 모른 채,
동물들이 여우 주위에 모여 있는 걸 보고
여우가 자신에게 또 다른 장난을 치려는 걸로 생각하곤,
갑자기 뛰어올라
여우를 덮치려다가 그만

둘 다 구덩이로 빠지고 말았다.
모든 동물이 깜짝 놀라
구덩이 앞으로 모여들어 사자와 여우를 내려다보았다.
"사자가 또 한 건 했네." 오록스가 말했다.
여우가 먼저 일어서자 사자도 따라 일어났다.
무슨 일이 벌어진 것인지, 어리둥절해진 사자는
눈앞에 있는 여우를 보자마자 공격했다.
한 발로 여우를 쓰러뜨려 바닥에 눕히고는
눌러 밟으며 말했다.
"자, 말해보시지.
이제 어디로 도망갈 테냐, 이 사기꾼아?"
여우는 아무 말도 하지 않았다.
사자가 "할 말이 없지, 그렇지?"라며
여우의 목 뒤를 찍어 누르려는 찰나,
까마귀가
"사냥꾼들이 온다, 켕게르족들이 오고 있어!
켕게르족들이 온다!"라며
큰 소리로 외치기 시작했다.
사자는 더욱 화가 나서는,
"네가 만든 내 꼴을 좀 봐!"라며
여우에게 다시 달려들었다.
사자가 여우를 바닥에 패대기치려는 찰나,
곰의 우렁찬 포효에 멈추게 됐다.
"이 멍청한 사자야.
네가 할 줄 아는 건 부수고 망치는 것뿐이구나!

네가 구덩이에 빠지지 말라고,
여우는 덫을 가린 나뭇가지들을
혼자서 걷어내며 우리에게 주의를 시키려고 한 거야.
여우는 우리를 위험으로부터 보호하려는데,
너는 여우를 죽일 생각뿐이구나.
네가 할 줄 아는 것이라고는 이것저것 잡아 죽이는 것뿐이야.
어떻게 그런 마음을 가지고 왕이 되었는지 기가 막힌다.
언젠가 숲 전체를 다 먹어치운 후
넌 여기 혼자 남아 누구랑 살게 될지
생각해본 적은 있니?"
곰은 까마귀의 외침에 입을 다물었다.
"아주 가까워졌어요. 600가르 남았어요!"
사자는 처음으로 미안한 기색으로
"그럼 어떻게 여기서 나가지?"라며 여우에게 물었다.
여우는 "존경하는 왕이시여, 저를 믿으십니까?"
라고 물었다.
"그럼, 믿고말고." 사자가 답했다.
여우는 곰을 향해 말했다.
"큰 나무 뒤 나뭇가지 밑에,
켕게르족이 남긴 큰 밧줄이 있어요.
그 줄의 한쪽 끝을 나무에 묶고
다른 쪽 끝을 이쪽으로 던져요, 어서!"
곰은 시키는 대로 했다.
여우는 "왕이시여, 허락하신다면 제가 먼저 올라가서,
당신을 위로 더 쉽게 끌어 올려드리겠습니다."
사자는 처음엔 조금 망설이며 말했다.
"여우야, 염소에게 그랬던 것처럼,

나도 여기 두고 가지는 않을 거지?"
여우는 깜짝 놀라 무슨 말을 해야 할지 몰랐다.
그러자 사자는 "그래, 알았다"라고 웃으며 말했다.
여우는 먼저 밧줄을 입으로 물고는
양손으로 밧줄을 단단히 잡고,
"날 올려줘!"라고 소리쳤다.
여우가 구덩이를 빠져나갔을 때,
사냥꾼들은 이미 절반쯤 다가와 있었다.
여우가 말했다. "여러분, 서둘러야 해요.
안 그러면 사자를 못 꺼내요."
먼저 밧줄을 내렸다. 사자는 여우처럼 밧줄을 물었다.
하지만 사자의 강한 턱도 자신의 무게를 지탱할 수 없었다.
사자는 다시 구덩이로 떨어졌다.
생쥐가,
"꼬리에 밧줄을 묶어서 당기자.
그러면 내가 갉아서 매듭을 풀어줄게"라고 제안하자
돼지는 "안 돼. 꼬리가 끊어지면
우리 대장은 사라지는 거야……
꼬리 없는 왕이 무슨 왕이야?"라며 반대했다.
여우는 사자의 발이 들어갈 수 있을 만큼
밧줄로 넓게 매듭을 만들어 사자를 향해 던졌다.
"존경하는 왕이시여, 발을 고리에 넣고
저처럼 밧줄을 꽉 잡으세요.
우리가 끌어 올릴게요."

사자는 시키는 대로 했다.
모든 동물이
밧줄을 잡아당겨 사자를 끌어 올렸다.
그러고는 모두 덤불 속에 몸을 숨겼다.
이제 동물들은 여우가 만든 함정 놀이를 준비했다.
사냥꾼들은 구덩이를 덮었던 나뭇가지가 없는 것을 보고는
매우 기뻐했다. 사냥꾼들이 무엇이 잡혔을지 기대하던 그때,
사자가 포효했다.
사냥꾼 중 한 명의 외침이 울려 퍼졌다.
"사자가 함정에 빠졌다!"

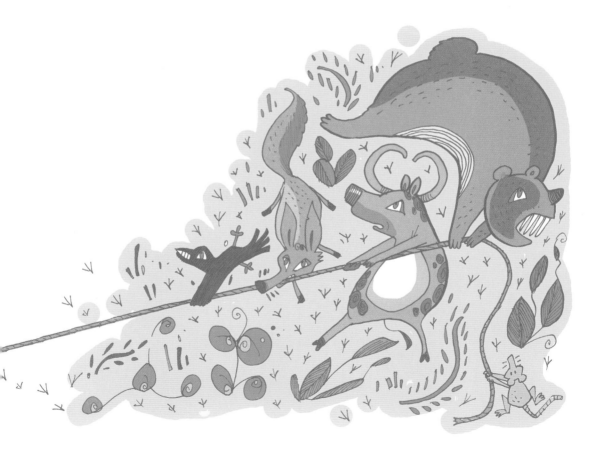

사냥꾼들은 모두 사자를 보러 신나게 달려갔다.
하지만 구덩이가 비어 있는 걸 보고는 당황했다.
사자는 다시 한번 으르렁 포효했다.
사냥꾼들이 뒤돌아서자 그곳엔 사자와
모든 동물들이 몰려와 있었고, 이를 본 사냥꾼들은
두려움과 공포에 질려 도망치려다 구덩이에 빠졌다.
여우가 구덩이에 다가섰다.
"어디 보자……. 켕게르 사냥꾼들,
자신들이 파놓은 구덩이에 빠지셨네." 여우가 말했다.
돼지는,
"그냥 저기에 놔두자"라고 했고,
곰은,
"구덩이 위를 덮어두고 가자"라고 했다.
사자는 말했다.
"아니, 난 이제 선한 왕이 되겠어.
밧줄을 놔두고 스스로 빠져나오게 합시다.
이번 일은 저들에게나 우리에게나 교훈이 되도록."
사자와 여우가 나란히 걷자,
숲속 동물들도 그 뒤를 따라 걸었다.

한번 도망친 당나귀는 돌아오지 않는다

한 남자가 당나귀에 안장을 매면서
한편으로는 쉬지 않고,
끊임없이 당나귀를 비하했다.
"또 고약한 냄새가 나네!"
당나귀는 견디기 힘들어서
"마부 없는 당나귀가 없듯이
냄새나지 않는 당나귀는 없습니다, 주인님"이라고 울듯이 말했다.
남자는 화를 내며 자루 두 개를 집어들고는
당나귀 등으로 던져 실었다.
당나귀는 좌우로 휘청거리다가
짐의 무게에 눌려 쓰러지고 말았다.
이를 본 남자는 허공에 손을 들어 올리며 말했다.
"오, 엔릴 신이시여,
이 말라깽이 당나귀는 더 이상 힘을 쓰지 못합니다!
보세요, 자루 두 개도 나르지 못하잖습니까!"

168

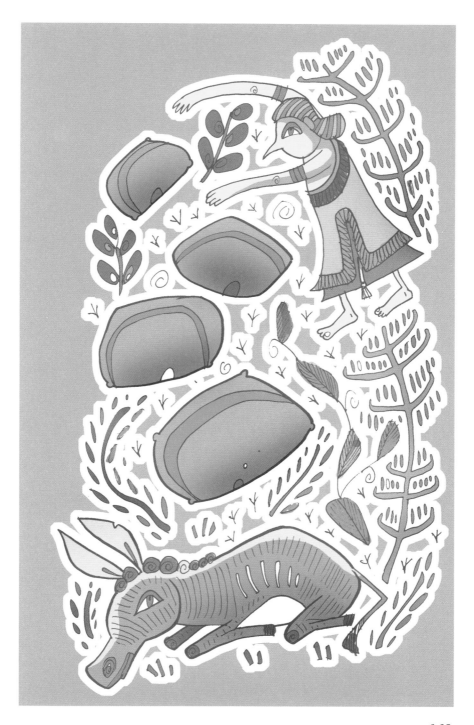

당나귀는,

"한 번에 모두 나르기를 원하시는데,

한 번에 한 개씩 나르면 되잖아요?"라고 물었다.

"주둥이만 놀리지 말고 얼른 일어나!" 남자가 말했다.

당나귀가 답했다.

"자루를 제 등에서 덜어준다면 몰라도……."

남자는 힘겹게 자루를 땅에서 들어 올리며,

"그 먼 길을 단지 너 때문에

두 번이나 왔다 갔다 할 수는 없어"라고 화냈다.

그러자 당나귀는,

"그러실 필요 없어요. 제가 혼자 갔다가 다시 올게요"라고 답했다.

"안 돼!" 남자는 거절했다.

"그럼 제가 나를 수 있는 만큼만

지고 가게 해주세요." 당나귀가 부탁했다.

"생각 좀 해보고"라는 남자의 말에

"생각해보세요." 당나귀도 답했다.

남자는 더는 대답하지 않았다.

남자의 침묵에 당나귀는 덧붙였다.

"생각하실 때, 이 속담도 잊지 마세요!

수메르에는 한번 뱉은 말은 다시 주워담을 수 없는 것처럼,

'한번 도망친 당나귀도 다시 돌아오지 않는다'는 말이 있는 것을요."

배의 승객이 된 개

우루크 부두에 개 한 마리가
선착장 다리 위에서
온몸을 바닥에 붙이고는,
등에는 봇짐을 메고
손에는 먹을거리가 담긴 바구니를 든 채
배에 타는 승객들을 바라보고 있었다.
개는 걱정이라도 있는 듯 불안해 보였다.
마치 누군가를 기다리기라도 하는 듯했다.

우루크의 어부들은 밤에 고기잡이를 나가고,
낮에는 그물을 거두어들이며
반대편 해안에서 우루크까지 승객들을 실어 날랐다.
뱃사공의 조수는
뱃삯을 받고
배에 오르는 노인들을 도왔다.

개는 새끼 염소를 품에 안은
남자가 배에 타는 걸 보고는
자리에서 벌떡 일어나 남자를 향해 짖어댔다.
남자는 겁에 질려
거의 물에 빠질 뻔했다.
뱃사공의 조수는
발을 쿵쿵 구르며
"야, 저리 꺼져!!
승객들이 겁먹고 있잖아!" 개를 향해 소리쳤다.
그때 손에 바구니를 든 한 소년이 다가왔다.
소년은 자신을 바라보는 개에게 몸을 숙이더니,
개의 머리에 손을 올렸다.
귀도 잡아당기며 개를 쓰다듬었다.
그러고는 조수를 향해 말했다.
"당신에게 무슨 짓을 했다고
개를 혼내는 거예요?"
조수는 아무 말도 하지 못했다.
어린 승객은,
조수에게 뱃삯을 건네고 배에 탔다.
조수는 배의 닻을 푼 뒤,
사공에게 외쳤다.
"자, 이제 출발하시죠!"

이 말이 끝나자마자
개가 바로 배로 뛰어들었다.
막 움직이기 시작한 배 안에서

개는 그만 미끄러져 뱃사공에게 부딪쳤다.
뱃사공은 개를 보자,
"이 지긋지긋한 것들!"
잔뜩 화를 내며 벌떡 일어섰다.

조수는 개를 향해
"개는 배에 서 있을 수 없어.
균형을 잃고 이리저리 부딪히지"라고 말했다.
그러자 사공도,
"뱃삯도 내지 않았을 거야, 이놈은.
그러니 노라도 저어야지"라고 말했다.

개는 짖으며 말했다.
"난 노 저을 줄 몰라."
이 말을 들은 사공은
한 속담의 말 그대로,
"개처럼 화가 났다."
사공은 손에 든 노로 개를 때렸다.
이를 본 소년은 앉았던 자리에서 벌떡 일어났다.
주머니에서 꺼낸 실뭉치를
목줄처럼 개의 목에 묶었다.
그러고는 개를 자신의 다리 사이에 앉혔다.
그 앞에는 들고 온 바구니를 놓았다.

사공은 무슨 말을 해야 할지 몰랐다.
노를 부여잡고는 재빨리 노를 젓기 시작했다.
최대한 빠르게 건너편 강가에 도착하면

자신이 저지른 터무니없는 행동이 무마되기라도 할 것 같았다.
하지만 사공은 자신의 화를 참지 못한 채
다시 개처럼
조수에게 소리 지르며 화풀이를 했다.

"야, 주인이 있는 개인지
떠돌이 개인지도 구별 못 하냐!
그런 네가 수백 마리의 물고기가 사는 이 강에서
어떻게 어부가 되겠다는 거냐?"

모루를 쓰러뜨리지 못한 대장장이의 개

대장장이는 아침부터 내내 모루 앞에서,
쉬지 않고 일했다.
수도 없이 쇳덩이를 불에 넣었다 뺐다 하며
두들겨 형태를 만들었다.
대장장이는 잠시 숨을 고르며 자신이 만든
창끝, 마차 바퀴,
자물쇠와 말굽 한 쌍을 들여다보았다.
팔은 묵직했고 얼굴은 땀에 젖어 있었다.
대장장이는 손과 얼굴을 씻고는,
고개를 돌려 하늘을 바라보았다.
태양이 바로 머리 위에 있었다.
속으로,
"벌써 밥 먹을 시간이 지나가네" 생각하며
보따리 안에서 도시락을 꺼냈다.
그날 아내가 빵 사이에

뭘 넣었는지도 보지 않은 채
한입 크게 베어 먹기 시작했다.
몇 시간 동안 문가에서
망치질 소리에도 깊이 잠들어 있던 개 한 마리가
순간 귀를 쫑긋 세우며 눈을 떴다.
호기심과 간절함이 담긴 눈빛으로 주인을 바라보며
천천히 일어나 주인에게 다가갔다.
"멈춰! 거기 서!" 대장장이가 말했다.
개는 온 힘을 다해 꼬리를 흔들어댔다.
"한 발짝도 더 오지 마. 거기 앉아.
너랑 씨름할 힘도 없어.
아침부터 내내 일하느라 완전히 지쳤어."
개는 앞다리를 모루에 올려
두 발로 서서 대장장이를 향해 짖었다.
대장장이가 소리쳤다.
"멍청한 것, 그러다 모루를 내 위로 쓰러뜨리겠군.
못된 놈 같으니라고, 당장 나가!"
개는 잔뜩 화가 나 문밖으로 나가면서
고의가 아닌 척하며
뒷다리로 물그릇을 넘어뜨려
주변을 온통 진흙으로 만들었다.
이를 본 대장장이는 개를 향해,
"역시, 그 말이 맞구나.
모루를 쓰러뜨리지 못한 대장장이의 개는
물그릇을 엎는다고 하더니"*라고 고함을 쳤다.
얼마 지나지 않아 개는 다시 돌아왔다.
망치질 소리를 들으며 한쪽 구석에 눕고는
다시 잠들었다.

* 이루지 못할 목표 대신 주변 애꿎은 목표를 찾아 망가뜨린다는 속담.

야생 암소한테서 도망치기

여우는 이틀 동안 아무것도 먹지 못했다.
이른 아침부터 여우는
온 산을 뒤지고 다니며
새 한 마리, 들쥐 한 마리,
토끼 한 마리라도 잡으려고
갖은 애를 썼다.
"오늘은 포도 한 송이,
딱정벌레* 한 마리만 먹어도
배고픔을 달래기에 충분할 텐데"라고 생각했다.
하지만 주변에는 벌레조차 없었다.
여우는 숲이며 들판, 강가까지 뒤졌고
더 이상 가볼 곳도 남지 않았다.
한 줄기 희망이 보이는 곳이라면 어디든 찾아다녔다.
결국엔 너무 지쳐 나무 아래 길게 누웠다.
"좀 쉬어야겠다.

---

* 토누즐란Tonuzlan: 딱정벌레과 곤충. 사람들 사이에서 '풍뎅이 딱정벌레'라고 불리기도 한다. —원주

안 그러면

내가 잡아먹힐 판이야."

그 순간, 들에서 혼자 풀을 뜯고 있는

야생 암소 한 마리가 여우의 눈에 띄었다.

여우는 자기 자신에게 말했다.

"나로 말할 것 같으면 사슴도 잡아본 사냥꾼이지.

덩치가 좀 크지만

내가 마음만 먹으면 저 정도쯤이야!"

여우는 조용히 암소에게 다가갔다.

발톱을 세워

암소의 다리를 향해 힘껏 꽂았다.

소는 너무 아파

비명을 지르며 펄쩍 뛰어올랐다.

그러자 여우는 소 앞에서

슬며시 웃음을 띤 채

"많이 아파?"라고 물었다.

화가 머리끝까지 오른 암소가

고개를 숙여,

자신의 뿔로 들이받으려고 여우에게 다가갔다.

여우가 재빠르지 않았다면,

암소는 여우를 갈기갈기 찢어버렸을 터였다.

암소는 화를 참지 못하고 여우를 쫓기 시작했다.

여우는 도망치고, 암소는 여우를 쫓고 있었다.

여우는 "곧 지쳐서 포기하겠지"라고 생각했다.

여우가 뒤를 돌아보았더니,

암소가 더는 쫓아오지 않았다.

그제야 멈춰선 여우는 "이제 살았구나!"라고 생각했다.

그런데 이게 웬일인가. 이번에는 갑자기 어디선가

야생 수소가 나타났다.

그리고는 여우를 향해 달려들었다.

여우는 어찌할 바를 몰라

두려움과 공포에 휩싸인 채

발에 기름을 바른 듯 도망쳤다.

이렇게 빨리 달릴 수 있다니

자기 자신도 믿을 수가 없었다.

달리는 동안 여우는 속으로 생각했다.

"오, 위대한 엔릴 신이시여,

저는 이틀 동안 굶주렸어요.
먹이 하나도 못 건졌지요.
비를 피하려다
우박을 맞는다고,
당신은 저를 황소에게 보내셨군요.
말씀 좀 해보세요,
수메르에서 배를 채운다는 건 이렇게 힘들어야 하나요?"

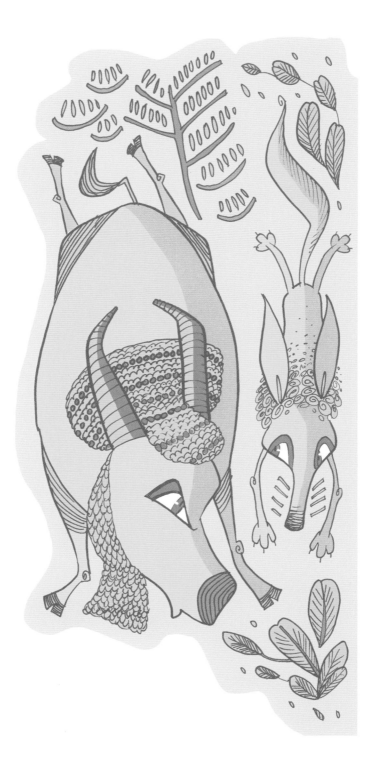

40 **오룩스의 뿔을 가진 여우** 이 이야기는 이솝 우화의 '생쥐와 족제비'
편과 유사하다(이솝 우화의 237번째 이야기인 '생쥐와 족제비'와 유사한 내
용이며 각주로 달린 교훈도 서로 비슷한 내용으로 마무리된다).

68 **자신이 영리한 줄 아는 여우** 수메르 우화에서 여우는 서양 이야기에
나오는 것처럼 영리하고 똑똑한 동물로 묘사되지 않는다. "여우가 얼
마나 영리한지는 솔새와 비교하면 알 수 있다"라는 속담과 이야기가
이런 견해를 증명해준다.

71 **안장을 먹어치운 당나귀** 당나귀는 마구간에서 먹을 만한 것을 찾지
못해 배가 고플 때 건초로 만든 안장을 먹기도 한다. 튀르키예에는 "짐
을 내려 안장을 먹는다"라는 속담이 있는데, 자주, 많은 양을 먹고도 만
족하지 못하는 사람을 가리키는 말이다. 여기서 '짐을 내리다'는 줄을
끊고 안장을 벗어던진다는 뜻이다. 안장은 당나귀의 등에 타기 위해 나
무 틀을 짚으로 채우고 그 위를 천으로 덮어 만든 것이다.

74 **고양이와 이집트몽구스** 이런 말이 있다. "몽구스든 고양이든 상관없
다. 큰 손님, 작은 손님은 없다." '손님을 차별할 수는 없다'는 뜻이다.

77 **투덜이 하이에나** 튀르키예에 "거지에게 오이를 주면 오이가 비뚤어
졌다고 거절한다"는 속담이 있다.

80 게와 친구 일부 자료에는 이 이야기와 유사한 수메르 속담으로 "게가 여자 친구의 집에 배를 채우러 간다"고 번역된 것이 있다. 또한 집을 대하는 여우의 행태에 대한 이야기에는 "여우는 자신의 집을 짓지 못하고 친구의 집으로 간다"라는 말이 나오는데, 게에 대한 이야기에서도 같은 속담이 발견된다.

85 당나귀와 들개 이 이야기와 유사한 내용을 이솝 우화에서도 볼 수 있다. '전갈과 개구리' '뱀과 여우(개)' 이야기들과도 유사하다.

91 돼지와 새끼 양 이 이야기는 이솝 우화의 '돼지와 양'과 비슷하게 보인다. 하지만 수메르 우화에서는 돼지와 양의 역할이 바뀌었고, 돼지의 비명 대신에 양의 불안과 불만으로 대체되었다. 돼지의 대답은 양의 운명이 양을 먹는 사람의 손에 달려 있다는 말로 귀결된다.

99 분수를 모르는 개 이 우화와 이솝 우화 187번 이야기 '사자를 쫓는 개와 여우'는 줄거리와 등장인물, 주제가 매우 유사하다. 이솝 우화 94번 '돼지와 양'도 수메르 우화 '돼지와 새끼 양'과 비슷한 점이 있다. 그러나 이솝 우화에서는 돼지의 관점에서 '운명'의 개념을 이야기하는 반면, 수메르 우화에서는 양의 관점에서 이야기가 전개된다.

111 가난한 당나귀와 부유한 숫양 수메르 지역에서 '수메르'라는 단어는 국가의 이름이었다. 사람들은 스스로를 '켕게르'라고 불렀다.

136 광대 원숭이님 편지 형식으로 쓰인 유일한 우화로 추정된다.

139 아카드 출신 당나귀 제시카 A. 살몬슨Jessica A. Salmonson이 쓴 책에는 이 이야기를 다른 방식으로 전하고 있다. '두 명의 아카드인'에 대한 수메

르 속담을 이렇게 들려준다. "아카드인 두 명이 당나귀를 잃어버렸다. 그중 한 명은 당나귀를 찾아 떠났지만 못 찾고 돌아왔다. 그가 바로 당나귀를 잃어버린 주인이었다."

143 **뒤주와 들쥐** 수메르에서 니킬림은 들쥐들의 신이었다. 모든 우화에서 들쥐는 맹금류나 흰족제비의 먹잇감이었다. 들쥐의 천적이라면 쥐 굴까지 쳐들어오는 교활한 파충류와 농부들도 빼놓을 수 없다. 이 우화에서 처음으로 들쥐는 잡아먹히지 않았다. 이 우화는 로마의 호레이스가 쓴 (또는 편집한) 이야기다. 저명한 수메르 학자인 새뮤얼 노아 크레이머는 그의 저서 《역사는 수메르에서 시작되었다》에서 호레이스가 이 우화를 지어냈다고 썼지만, 유머 한술을 살짝 첨가해 다음과 같이 말했다. "니킬림 신이 이 이야기를 들었다면 좋아했을 거다." (이 우화에서 처음으로 들쥐가 흰족제비에게 잡아먹히지 않았기 때문이다.) '들쥐와 흰족제비' 이야기는 이솝 우화에서도 찾아볼 수 있다. 안데르센의 동화 〈엄지 공주〉에서도 애벌레가 작은 구멍을 통해 헛간으로 들어가는, 이 우화와 유사한 내용이 발견된다. 라퐁텐 역시 파이드로스의 이야기에서 '생쥐와 족제비'라는 우화를 가져왔다고 말한다. 그러나 파이드로스의 이야기에는 구멍에서 빠져나올 수 없는 동물이 생쥐가 아니라 탐욕스러운 족제비로 나타난다.

171 **배의 승객이 된 개** 에드먼드 고든이 번역한 《수메르 우화와 속담집 5권 Sumerian Animal Proverbs and Fables: "Collection Five"》의 43~75쪽에는 새뮤얼 노아 크레이머의 책과 무아제즈 일미예 츠으의 책에 담기지 않은 몇 가지 수메르 속담이 수록되어 있다. 아래와 같다.

* 늑대 고기는 먹을 수 없다.
* 당나귀가 되지 않고서 말이 될 수는 없다.

* 개는 배에 서 있을 수 없다.
* 개처럼 화를 낸다(갑자기 화내는 사람을 가리키는 말).
* 길들여진 개는 이미 버릇없는 강아지와 같다.

176 **모루를 쓰러뜨리지 못한 대장장이의 개** 이 우화는 이솝 우화의 345번 '대장장이와 개' 이야기와 매우 흡사하다. 하지만 이솝 우화에서는 게으르고 잠만 자는 개가 주인의 음식을 탐내는 반면, 수메르 우화에서는 음식을 나눠 먹기 싫어한 주인과 예측할 수 없을 만큼 말썽을 저지르는, 믿을 수 없는 개에 관한 이야기라는 점이 다르다.

참고 수메르 속담에 "여우를 사냥하기 전에 목에 두를 꽃목걸이를 위해 튤립을 꺾지 마라"라는 말이 있다. 번역가들은 이 속담을 "개울을 보기 전에 바짓단을 걷어 올리지 마라"라는 튀르키예어로 번역했다. 나는 이 말이 정확한 번역이 아니라고 생각한다. 수메르 속담은 생명을 빼앗길 생명체를 향한 애정과 존중을 담은, 인간이 전하는 사과의 언어라고 할 수 있다. 또한 인류의 초기 역사에서 패배한 상대를 위해 쌓아놓은 기념비, 부조, 무덤을 떠올리게 한다. 문에 걸어두던 사슴과 숫양의 머리, 자신들의 머리 장식으로 사용한 사슴, 염소, 황소의 머리, 새의 날개로 동물의 머리를 장식하던 방식 등에서 동물에 대한 감수성을 엿볼 수 있다. 영웅의 이름에 동물 이름으로 수식어를 붙이는 방식에서도 이런 감수성이 재확인된다. "여우에게 꽃을 달지 마라"는 속담은 튀르키예에서도 비슷한 의미로 사용된다. 예전만큼 흔히 볼 수는 없다 해도, 요즘도 정육점에서는 쉽게 발견할 수 있는 관습이다. 정육점 냉장고에 전시된 양은 다리가 바깥쪽을 향하도록 매달아 두는데, 양의 몸에는 생화가 놓여 있다. 옛날에 아나톨리아 마을에서 생화를 찾을 수 없었던 정육점 주인은 종이로 만든 카네이션이나 장미를 놓아 두곤 했다. 이런 행위는 수메르 속담이 담고 있는 생명에 대한 경의

와 사랑의 표현 방법이라고 생각한다. 우리들이 묘지를 방문할 때 가져가는 꽃처럼 말이다.

참고 문헌

Ahmet Semih Tulay, *Frigya Öyküleri*, AKSAM/ Matbaa-i Beka Basım, Afyonkarahisar.

Aisopos, Aisopos Masalları, Çeviren: Nurullah Ataç, YKY, 2001.

Azra Erhat, *Mitoloji Sözlüğü*, Remzi Kitabevi, 1978.

Bendt Alster, *Assyriology and Sumerology*, Schoyen Collection, Vol: 2 Sumerian Proverbs MS 3279, Bethesta Press 2007. / Proverbs of Ancient Sumer The World's Earlies Proverb Collection, Vol: 1 Bedhesda, CDL Press, 1997, pp: 7-33.

Beydaba, *Kelile ve Dimne Hint Masalları*, Çeviren: Ömer Rıza Doğrul, Kültür ve Turizm Bakanlığı Yayınları, 1985.

Edmund I. Gordon, *Sumerian Animal Proverbs and Fables*, "Collection Five", Vol. 12, No. 1 (1958) pp 1-21, The American Schools Of Oriental Research.

Edward Chiera, *Sumerian Texts Of Varied Content*, Çivi Yazılı Seri Vol: IV, The Universty of Chicago Press.

Enver Naci Gökşen, *Örneklerle Çocuk Edebiyatımız*, Remzi Kitabevi, 1982.

Gaius Lulius Phaedrus, *Masallar*, Latinceden Çeviren: Güngör Varınlıoğlu, YKY, 2007.

Herodotos, *Herodot Tarihi*, Türkçesi: Müntekim Ökmen, Yunanca Aslıyla Karşılaştıran ve Sunan: Azra Erhat, Remzi Kitabevi Yayınları, 1973.

Jean Bottero, *Kültürümüzün Şafağı Babil*, YKY, 2006.

Jean Bottero - Maria Joseph Steve, *Evvel Zaman İçinde Mezopotamya*, YKY, 2002.

Jessica A. Salmonson, *Mr. Monkey And Other Sumerian Fables*, Tabula Rasa Press, Seattle, 1994.

La Fontaine, *Bütün Masallar*, Türkçesi: Sabahattin Eyuboğlu, Cem Yayınevi, 1997.

Muazzez İlmiye Çığ, *Sümer Hayvan Masalları*, Kaynak Yayınları, 2006.

Mark Saltveit, *The Gecko Wears a Tiara*, Ancient Sumerian Proverbs, Happy Holidays-2007.

Osman Nedim Tuna (Prof. Dr.), *Sümer ve Türk Dillerinin Tarihi İlgisi ile Türk Dili'nin Yaşı Meselesi*, Türk Dil Kurumu Yayınları, 1990.

Kemal Çağdaş, *Pançatantra Masalları*, Ankara Üniversitesi, 1963.

Platon (Eflatun), *Devlet*, Çevirenler: Sabahattin Eyuboğlu - M. Ali Cimcoz, Remzi Kitabevi Yayınları, 1980.

Samuel N. Kramer, *Tarih Sümer'de Başlar*, Çeviren: Muazzez İlmiye Çığ, Türk Tarih Kurumu Yayınları, 1990.

Samuel N. Kramer, *Sümerler*, Kabalcı Yayınevi, 2002.

Samuel N. Kramer, *Tarih Sümer'de Başlar*, Çeviren: Hamide Koyukan, Kabalcı Yayınevi, 1999.

Şefik Can, *Klasik Yunan Mitoloji Sözlüğü*, İnkılap ve Aka Kitabevleri, 1970.

Tarık Dursun K., *Ezop Masalları*, Koza Yayınları, 1981.

Internet, Ancient History Sourcebook is a Collections of Public domain.

수메르 우화

초판 1쇄 인쇄 2024년 10월 1일
초판 1쇄 발행 2024년 10월 16일

지은이 얄와츠 우랄 **그림** 에르도안 오울테킨
옮긴이 이희수, 전선영
펴낸이 최순영

출판2 본부장 박태근
스토리 팀장 김소연
편집 김해지
디자인 윤정아

펴낸곳 ㈜위즈덤하우스 **출판등록** 2000년 5월 23일 제13-1071호
주소 서울특별시 마포구 양화로 19 합정오피스빌딩 17층
전화 02) 2179-5600 **홈페이지** www.wisdomhouse.co.kr

ISBN 979-11-7171-284-7 03890